Les Histoires Extraordinaires d'Emy Ltr

EMY LETERTRE

Les Histoires Extraordinaires d'Emy Ltr

Flammarion

Illustrations :
© Didier Graffet pour les histoires des pages 13, 85, 133, 163
© Baptiste Reyman pour les histoires des pages 23, 41, 69, 107, 151
© Anjudraw pour les histoires des pages 31, 49, 59, 95, 121, 143

© Claudiu Mihai Badea / Shutterstock pages 15, 25, 33, 43, 47, 51, 61, 71, 87, 97, 109, 120, 123, 135, 145, 150, 153, 165
© intueri / Shutterstock page 22
© unorobus / Adobe Stock page 95

Directrice éditoriale : Ronite Tubiana
Relecture : Clothilde Vassallo
Conception graphique : Studio de création Flammarion, Audrey Sednaoui
Adaptation et réalisation graphiques : Maud Warg
Fabrication : Christelle Lemonnier
Photogravure : IGS

ISBN : 9782-0802-5585-3
N° d'édition : L.01EPMN001263.N001
Dépôt légal : octobre 2021
www.editions.flammarion.com

REMERCIEMENTS

Je tenais à formuler quelques remerciements importants pour moi.

Tout d'abord, je souhaiterais remercier ma grand-mère, à la genèse de tout ce projet. Merci à toi de m'avoir donné le goût des contes et des univers fantastiques, merci de t'être enregistrée sur un petit magnétophone à cassettes, quand j'étais haute comme trois pommes, pour qu'une fois rentrée à Paris tu puisses quand même me bercer.

Merci, Papa, de m'avoir toujours soutenue, peu importe les événements. Être un papa qui autorise sa fille à rêver et l'aider à concrétiser ses rêves les plus fous, c'est la meilleure éducation qu'on puisse recevoir.

Merci à ma meilleure amie, Jade. Comme on se le dit toujours, je ne me rappelle pas ma vie avant toi. C'est à deux qu'on fabriquait des histoires quand on était enfants, et je nous revois encore fabriquer des grimoires avec du carton. Des années plus tard, peu de choses ont changé...

Merci à mon amoureux d'avoir été mon testeur de contes et de s'être endormi à chaque page que je lisais. T'es le meilleur.

Merci à Chloé, qui m'accompagne au quotidien et qui est un soutien incroyable.

Merci à Marg et Clem d'avoir tout fait pour que ce livre existe et de rendre possibles tous les projets que j'ai !

Merci, Ronite, l'éditrice la plus cool et la plus impliquée de l'histoire.

PRÉFACE

Il était une fois un rêve, celui d'une petite fille qui écoutait sa grand-mère lui raconter des histoires plus incroyables les unes que les autres. Il était une fois une petite fille qui avait fait une promesse, la promesse de remplir une liste de souhaits à exaucer. Et il était une fois une jeune femme qui devait rencontrer cette petite fille et lui donner un peu d'espoir.

Il est rare de pouvoir faire ce que l'on veut dans sa vie, et ça, j'en ai bien conscience. Je considère aujourd'hui que j'ai eu deux vies bien distinctes, celle que je devais avoir et celle que j'ai décidé d'avoir.

Il est très difficile de changer de route, de laisser tomber le GPS et de suivre son instinct, de prendre des risques. Je le sais, je l'ai fait. Et je ne suis pas à l'abri de vivre encore une troisième et même une quatrième vie, pourquoi pas ?

Depuis toujours, je suis attirée par l'irréel, l'imaginaire et l'onirisme. Cela me passionne et j'ai voulu partager cette passion. J'ai créé ma chaîne YouTube pour partager des histoires que j'avais dans mon petit cerveau et j'ai découvert que je n'étais pas si déconnectée. À travers les années, de nombreuses personnes ont décidé de regarder et de suivre mes histoires. Nous avons créé une communauté d'incompris, nous l'avons fait ensemble. Nous sommes ceux qui osent, ceux qui rêvent et ceux qui essaieront, quoi qu'il arrive. Il était donc logique pour moi de créer un objet bien réel rempli d'irréel.

Avoir un peu de moi chez vous c'est quelque chose que je trouve absolument génial et qui me comble de joie. Toutes les merveilleuses choses que j'ai pu vivre ces dernières années sont grâce à vous, à la force que vous me donnez, et je vous en serai éternellement reconnaissante. Ce livre est un rêve qui se réalise pour moi et ma façon de vous remercier.

Je reçois des dizaines et des dizaines de messages par jour de personnes qui ont la sensation de passer à côté de leurs envies, qui se privent par peur et/ou angoisse concernant leur futur. Des personnes qui aspirent à d'autres horizons et c'est pour ça que j'ai décidé de faire ce projet.

Dans ce livre, j'espère vous donner la force de prendre des décisions, de ressentir de la joie et de l'affection, de rêver. J'aimerais vous accompagner dans ce chemin si étrange qu'est la vie. J'aimerais être avec vous et vous tenir la main. Je le fais pour vous mais je dois être honnête, je le fais surtout pour moi, enfin, pour la petite fille que j'étais et qui a besoin d'être un peu guidée.

Au-delà des prises de décisions concernant nos vies quotidiennes, j'ai voulu traiter des souffrances profondes, celles du deuil, de la solitude, de l'abandon ou encore de la maladie. Nous sommes marqués par nos peines. J'ai longtemps eu du mal à vivre avec les miennes, puis un jour, sans vraiment comprendre pourquoi, j'ai été libérée. J'ai compris que nous étions la somme de tout ce qui nous compose, y compris les épreuves... J'ai même envie de dire surtout les épreuves. Elles nous aident à apprendre qui nous sommes, à nous relever et à être fort. Je profite de cette préface pour remercier tous les obstacles que j'ai pu croiser, vous avez fait de moi ce que je suis. Et c'est vous qui m'avez poussée à être heureuse.

Ces contes sont certainement mes plus grosses confidences jamais faites, c'est mon journal intime. J'ai voulu partager des bouts de moi un peu partout, des bouts de gens que j'ai pu croiser et qui m'ont marquée et des bouts de vie, surtout des bouts de vie.

PRÉFACE

Ces histoires ont toujours été un peu là dans ma tête, remplies de regrets, de remords, d'amour, de puissance, d'amitié mais surtout d'espoir.

J'ai eu envie de parler à qui voudrait bien m'écouter et passer un moment le plus intime possible.

Un livre de contes, pour moi c'est la clef pour le rêve, celui que l'on rejoint dès qu'on éprouve le besoin de s'échapper.

Alors je t'offre ce golden ticket, direction le pays imaginaire.

Si un jour on t'a dit que tu étais étrange, qu'il fallait que tu laisses tomber tes rêves, que tu n'y arriverais pas, si un jour tu t'es senti isolé, incompris, triste ou seul, sache qu'il y aura toujours quelqu'un pour te comprendre.

Le différent est celui qui se démarque. On m'a toujours dit qu'il fallait être unique pour être exceptionnel alors sois-le parce que tu l'es.

Avec tout mon amour ♡

TABLE DES MATIÈRES

Le serrurier des souvenirs

Jean Portant habitait un petit appartement parisien dont il avait hérité. Jean était serrurier, il exerçait cette activité depuis presque autant de temps qu'il vivait dans cet immeuble, comme son père avant lui. Son atelier de serrurerie, quant à lui, se situait au rez-de-chaussée en face de la loge de la gardienne.

Tout le monde appréciait Jean dans le quartier. Il était réputé pour être un peu particulier. On le surnommait « le serrurier des souvenirs ». Pourquoi, me direz-vous ? On ne venait pas voir Jean pour se procurer un double des clefs ou changer de serrure, non. Quand on entrait dans la serrurerie de Jean, c'était dans un but bien particulier.

La boutique était remplie de clefs du sol au plafond, des grandes, des petites, des dorées, des argentées. Et toutes renfermaient le secret de celui qui l'achetait. Jean avait un pouvoir depuis tout petit, un pouvoir qui se transmettait de parent à enfant dans sa famille, faisant de lui un magicien du bonheur.

Il comprit qu'il était spécial quand il eut 11 ans. Son père, Marcel, en lui offrant une boîte entourée d'un gros nœud rouge pour son anniversaire, s'agenouilla à sa hauteur et lui expliqua qu'il était temps de découvrir la vérité sur ses activités de serrurier et la particularité dont il avait hérité. Son père lui expliqua alors qu'il avait le pouvoir de faire sourire les gens et de leur rendre quelque chose qu'ils avaient perdu. Quelque chose de précieux.

Il lui demanda d'ouvrir la boîte. Jean arracha le ruban et l'ouvrit : une clef se trouvait au fond de celle-ci. Marcel lui demanda de fermer les yeux et de penser très fort à un souvenir important pour lui. Jean s'exécuta et, une fois ceci fait, prit la clef. Sur l'ordre de son père, il demanda à quelle serrure correspondait cette clef. Marcel sourit et expliqua à son fils que ses clefs étaient universelles et pourraient ouvrir n'importe quelle porte si on le méritait. Jean saisit la clef, l'introduisit dans la serrure de la porte la plus proche de lui et l'ouvrit. Jean tomba à la renverse : derrière cette porte se trouvait son souvenir matérialisé. Il pouvait aller et venir dans ce moment si précieux. Et la revoir, elle... sa maman.

Ce jour-là, Jean comprit que rien ne mourait jamais vraiment. Pendant son adolescence, il collectionna les clefs à outrance, revivant presque chaque moment de sa vie. Il voulait se souvenir de tout, ne pas perdre une miette du film de son existence. Mais à force de vivre dans le passé, Jean en oublia de vivre et de profiter de son seul parent, qui lui rappela qu'il n'était pas éternel. Alors Jean décida tout comme son père de faire don de son don.

Les années passèrent et Jean aida son père à la serrurerie jusqu'à l'hiver de ses 37 ans. Cette année-là, son père s'apprêtait à faire le grand voyage ; Jean n'acceptait pas cette idée. Mais Marcel avait un secret, un secret que seul le temps pourrait révéler à Jean.

Lors de ses derniers jours, il lui avait fait cette demande très particulière :

– Quand tu sentiras ma fin proche, lui dit-il, emmène-moi devant la porte de chez nous et utilise cette clef. Laisse-moi la franchir et referme derrière moi. Ensuite, garde-la précieusement. Et ne pose pas de questions... Un jour... un jour tu comprendras.

Jean s'était alors exécuté et avait guidé son père vers le pays des souvenirs. Il avait pris la clef que son père lui avait confiée et l'accompagna devant la porte. Quand Marcel l'ouvrit, il reconnut derrière lui son appartement, mais différent. Une chaleur qu'il ne connaissait pas se dégageait

de cet endroit. Il entendit une voix chanter en fond ; cette voix il la connaissait. C'était celle de sa mère. Marcel se retourna vers son fils et lui dit :

– Il y a parfois des secrets que même les plus bavards ne peuvent révéler. Tu es plus qu'un gardien des souvenirs, tu en es un toi-même. Un jour tu nous retrouveras grâce à cette clef et tu prendras une décision, celle que je n'ai pas su prendre. Mais pas maintenant… pas maintenant…

Marcel serra alors son fils dans ses bras une dernière fois. Il tira la porte derrière lui et demanda à Jean de la fermer à clef.

Depuis ce jour, Jean essaya cette clef sur chaque porte afin de revoir son père et d'essayer de comprendre ce que celui-ci avait tenté de lui dire, mais en vain. Lorsqu'il l'utilisait, rien ne se passait. Au bout de quelques années, Jean décida de ne plus y penser et de se consacrer aux autres. Et comme une promesse qu'il avait faite à son père, il décida de vivre sa vie dans le présent plutôt que dans ses souvenirs.

Chaque jour, il ouvrait la boutique à 9 heures du matin. Il y avait toujours la queue, des dizaines de gens qui avaient entendu par le bouche-à-oreille qu'un homme avait la faculté de voyager dans le passé de chacun étaient là.

Il croisait beaucoup de personnes différentes, de tous types. Il y avait ceux qui voulaient revivre leurs plus belles victoires, comme Francis, champion de France de saut à la perche en 1976, ou encore Fatna, qui s'était sentie très honorée lors de sa remise de diplôme à la Sorbonne. Il y avait aussi ceux qui refusaient de voir le temps passer, comme Sarah, désireuse de revivre les premiers pas de son fils, ou Helena, qui voulait revoir sa sœur disparue.

Chaque histoire laissait une marque profonde chez Jean, jusqu'au jour où il rencontra Madeleine.

Madeleine était une jeune femme brune aux yeux noisette, elle était douce et discrète. Quand elle arriva à la serrurerie, un matin de mars, la vie de Jean changea. Et Madeleine ne repartit jamais.

Elle aidait chaque jour Jean à la serrurerie, s'occupant de l'accueil des clients et de la gestion de la boutique. Madeleine était douée avec les gens, et ils adoraient lui parler. Parfois, le simple fait de partager avec elle son souvenir permettait au client d'être autant heureux que s'il l'avait revu grâce au don de Jean.

Quelques années plus tard, Madeleine donna naissance à la petite Angelina. Jean était le plus heureux des hommes. Il savait qu'il devrait reprendre le rôle de son père et transmettre son savoir à sa fille pour qu'elle reprenne l'affaire de famille. Mais il y avait quelque chose qui gênait Jean. Une pensée inexplicable.

Chaque fois qu'il ouvrait sa boutique et vendait ses clefs souvenirs, Jean avait la désagréable impression de ne pas faire autant de bien qu'il le voulait. Quand Angelina eut l'âge de raison, il se demanda s'il serait juste de dévoiler à sa fille le secret de famille et de lui imposer une vie qu'elle n'aurait peut-être pas choisie.

C'est alors qu'il se souvint des mots de son père et tout fut limpide. Il saisit la clef qu'il avait précieusement cachée dans un petit coffre sous le canapé. Il la serra fort contre lui et s'approcha d'une porte pour l'utiliser.

Une lumière jaillit de la porte, il ouvrit, son père et sa mère, jeunes, se trouvaient derrière. Jean, ému aux larmes, les prit dans ses bras. Marcel le regarda d'un air bienveillant et lui dit :

– Le temps de la sagesse... Si tu as réussi à ouvrir cette porte, c'est que tu es prêt à comprendre... Le don dont tu as hérité est aussi lié au choix. Tu peux vivre dans les souvenirs ou décider de les garder dans un coin de ton cœur en consacrant ta vie à en créer de nouveaux.

Jean raconta à ses parents tout ce qu'ils avaient manqué, il leur parla de Madeleine et d'Angelina ainsi que du dilemme auquel il faisait face : imposer son héritage à sa fille ou non. Sa mère lui demanda alors s'il s'était senti obligé de reprendre l'affaire de son père et si son choix aurait été différent sans ce don. Jean ne s'était jamais posé la question, tout cela lui semblait évident. Mais une fois le sujet lancé, il réalisa qu'à aucun moment il ne s'était demandé s'il avait fait les bons choix et s'il avait toujours fait ce que son cœur lui dictait.

Son père dit alors :

– Si cette clef a ouvert cette porte aujourd'hui, c'est parce que tu acceptes enfin que nous soyons devenus des souvenirs, tout comme toi un jour tu en seras un pour Angelina. Le choix t'appartient. Mais mon fils, tu avais besoin de faire tout ce chemin pour te rendre compte que les souvenirs ne sont pas derrière une porte mais dans ton cœur. Nous serons toujours avec toi, que tu nous voies ou non. Le temps que tu as passé à essayer d'ouvrir cette porte est un temps que tu ne récupéreras jamais. J'ai fait le choix de te donner mon héritage, mais aujourd'hui je sais que j'aurais dû te laisser le choix de vivre ta vie. Es-tu prêt à me donner cette clef et à me laisser refermer moi-même la porte de l'autre côté ?

Les larmes aux yeux, Jean accepta et prit une dernière fois ses parents dans ses bras. « Ce n'est qu'un au revoir », lui dit sa mère. Il recula, ferma la porte derrière lui et entendit la clef tourner dans la serrure.

Jean rentra dans le petit appartement retrouver sa famille et, en les regardant rire et jouer ensemble, il annonça qu'il fermait la boutique. Madeleine, fière de son époux, lui prit la main.

Quelques mois plus tard, Jean, Madeleine et Angelina quittèrent l'appartement pour faire le tour du monde. Ils voyagèrent durant des années, jusqu'au jour où Jean devint trop vieux. Angelina vint au chevet de son père. Elle pleura en lui demandant de ne pas l'abandonner. C'est à ce moment que Jean douta pour la première fois depuis des décennies. « Devrais-je lui donner la possibilité de me revoir si elle le souhaite ? se demanda-t-il. Dois-je lui avouer qu'elle dispose d'un don extraordinaire ? »

Mais devant la peine de sa fille, il se souvint des mots de son père, du temps perdu qui ne se rattrape jamais. Il décida alors de dire définitivement adieu à l'héritage des Portant, et Jean devint un souvenir, un souvenir des plus précieux, celui d'Angelina. Un souvenir qu'on ne voit pas avec les yeux mais avec le cœur.

Les tableaux d'Elsina

Un coup de chiffon par-ci, un coup de chiffon par-là, Elsina prend soin de ses tableaux. Elle ne supporte pas d'y voir de la poussière. Il faut dire que ces tableaux sont particuliers et nécessitent un très grand soin.

Pourquoi sont-ils si particuliers, me demanderez-vous ?

Un peu de patience, vous allez comprendre.

Si Elsina est née sorcière, elle n'est pas venue au monde avec les peurs qu'on lui connaît, ça, c'est arrivé plus tard. La mère d'Elsina était une sorcière, elle aussi, la plus maléfique de toutes. Elle n'avait jamais hésité à détruire sa fille, et ce dans tous les sens du terme. Dès qu'elle ne supportait pas son enfant, elle ne reculait devant rien, comme par exemple la transformer en pot de fleurs. Pourquoi ? Mystère. Toujours est-il qu'Elsina eut une enfance solitaire et triste, s'excusant de tout jusqu'au fait de respirer.

Quand sa mère tomba malade et mourut, Elsina n'osa pas dire qu'elle avait ressenti du soulagement. Elle était triste, c'est sûr, mais vivre avec sa mère c'était comme laisser le poison l'envahir. Comment une enfant rejetée par sa propre mère aurait-elle pu espérer être aimée par d'autres ? Si la personne qui l'avait mise au monde ne la supportait pas, qui le pourrait ?

Aussi, Elsina grandit-elle avec la mélancolie pour toute compagnie. Son père ? Parti à sa naissance. Non, la sorcière n'avait pas de repères - en tout cas pas pour le moment. Cependant, quand elle eut 18 ans, elle tomba amoureuse, un amour aussi fort et puissant qu'il fut dévastateur. Pour la première fois, Elsina reçut de l'affection, une authentique affection et non plus simplement de l'espoir ou une illusion.

Dans son cœur, la chose était pourtant entendue : cet homme serait avec elle toute sa vie.

Mais rien ne dure, paraît-il, et un matin, le jeune homme adopta une attitude pour le moins étrange. Il ne parlait pas. Elsina sentit que quelque chose clochait, la peur l'envahit. Et pour la première fois, elle utilisa la magie pour contrer la peur de l'abandon, la peur d'être rejetée à nouveau par l'être aimé.

Elsina adorait la peinture, elle aimait l'art parce que l'art est éternel, l'art ne la quitterait pas. Elle passa alors une frontière ce jour-là en jetant un sort au jeune homme, un sort qui lui permettrait de le garder auprès d'elle pour toujours. Et c'est ainsi qu'il fut le premier individu à être bloqué dans les tableaux d'Elsina.

À bien y réfléchir, on ne sait pas vraiment ce qui n'allait pas chez lui ce matin-là, peut-être avait-il juste mal dormi. Mais l'amour est quelque chose de trop fragile, il ne faut pas prendre le risque de le perdre. Alors Elsina avait préféré prendre les devants et le garder avec elle, pour toujours. Le problème avec cette méthode, c'est que, de son point de vue, la solution était parfaite. En vivant dans ces tableaux, les personnes qu'elle aimait ne la quitteraient plus, tant et si bien que les années suivantes, dès que quelqu'un de son entourage montrait des signes d'éloignement, il se transformait en nature morte. Et bientôt, le salon de la jeune sorcière ne fut plus qu'une galerie d'art. Des tableaux, plus beaux les uns que les autres, des modèles sublimés et figés dans leur intemporelle beauté.

Que se passait-il de l'autre côté du miroir ? Ces animaux, ces hommes et femmes, ressentaient-ils quelque chose ? Étaient-ils conscients ? Témoins du quotidien d'Elsina ? Nul ne le savait. Bien que satisfaite du résultat les premiers temps, Elsina sentit à nouveau le néant l'envahir. S'asseoir tous les jours devant le portrait des personnes qu'elle avait aimées sans pouvoir les toucher, les sentir et les entendre, ne parvenait pas à combler cette sensation de vide dans son cœur.

Il lui fallait trouver une autre solution pour garder physiquement et consciemment quelqu'un. Mais comment faire ? Pendant des jours et des jours, elle concocta des potions dans le but de manipuler l'esprit.

Elle rencontra peu après un jeune homme aux yeux émeraude et, sans perdre une seconde, glissa quelques gouttes de sa potion dans son verre. Il tomba éperdument amoureux d'Elsina dans la seconde qui suivit. Au cours des mois suivants, Elsina fut satisfaite et ne regretta pas ce qu'elle avait fait. Tous les matins, son nouvel amoureux se levait et lui chantait des chansons d'amour. Toute la journée il l'admirait et prenait soin d'elle. Aucun signe d'abandon à l'horizon… Mais alors pourquoi la sorcière n'était-elle toujours pas satisfaite ? Sans doute parce que la potion faisait agir le jeune homme un peu comme un robot sans âme, tout chez lui était en quelque sorte mécanique et sonnait faux. Si bien qu'à la longue Elsina ne vit plus que ça, l'illusion de l'amour.

Elle désenchanta le jeune homme, qui, en reprenant conscience, se sentit perdu, ne sachant trop ce qu'il faisait là. Sentant la panique le gagner, elle ne supporta pas le regard de terreur qu'il porta sur elle.

Elsina s'échappa en courant pour se retrouver dans la salle des tableaux. Elle passa un moment en silence à observer ces âmes figées. Des personnes, des animaux domestiques, tous ces individus avaient partagé sa vie et n'avaient commis qu'une seule erreur : avoir eu un jour la volonté de partir ou été seulement de mauvaise humeur.

Un silence écrasant envahit Elsina, le genre de silence qui donne la sensation qu'un ours est assis sur votre poitrine et vous empêche de respirer. Des larmes coulèrent sur ses joues.

Elle se mit à longer les tableaux, prenant le temps de se remémorer devant chacun les moments passés. Des moments de joie, des moments de partage et d'amour. Puis en passant devant le miroir, la vérité sauta aux yeux d'Elsina. Son reflet était celui de sa mère.

La source de tout, la cause de tout. Ce n'était pas la faute d'Elsina si elle avait le cœur brisé, mais en oubliant de guérir de ses peurs elle y avait cédé. L'ombre de sa mère avait détruit sa lumière. Elle était devenue comme elle.

Parfois, la peine est si grande qu'elle ne peut être effacée. On décide alors de vivre avec elle ou d'y succomber. Il n'y a pas de honte à pleurer ni à vouloir être aimé. C'est en réalisant cela qu'Elsina prit conscience qu'elle n'avait jamais compris le vrai sens de l'abandon. L'abandon, ce n'était pas être seul à cause des autres mais oublier que notre principal allié se trouve en nous-mêmes. Ce n'était pas les autres qui avaient abandonné Elsina, c'est elle et elle seule qui s'était oubliée.

Elsina concentra alors tout son pouvoir et sa force et, dans un geste d'amour pur, libéra tous les portraits. Tous sortirent de leur tableau. Un peu déboussolés, comme s'ils venaient d'émerger d'un sommeil qui aurait duré des siècles, ils se regardèrent, tous un peu hagards, avant que leurs regards ne se posent ensemble dans la même direction.

Belle et éternelle, Elsina trouva la paix. Elle ne s'abandonnerait jamais plus, figée à tout jamais dans un sentiment de sérénité. Elle devint sa plus belle œuvre : le tableau d'Elsina.

Le château où l'on ne dormait jamais

Le prince William vivait dans un immense château de pierre, un édifice robuste qui lui inspirait un sentiment de sécurité. Il adorait cette fragilité lui rappelant à quel point tout était précieux. William aimait plus particulièrement sa chambre. Celle-ci se trouvait tout en haut de l'une des tours du château, à l'écart de la vie du foyer. Il appréciait l'indépendance que lui procurait cet éloignement. Dès la nuit tombée, plus personne aux alentours, le calme plat.

Ses parents, qui occupaient une autre aile du château, étaient très aimants, choyaient William mais étaient très inquiets pour l'avenir de leur fils. En effet, le prince n'avait toujours pas d'épouse. Le royaume ne parlait que de ça. William était pourtant très beau, très intelligent et d'une gentillesse peu commune. Mais alors pourquoi ne trouvait-il pas la femme de sa vie ?

La frustration n'en était que plus grande quand il regardait ses parents. Deux êtres qui s'aimaient comme au premier jour malgré leurs trente ans de mariage... Ce qui brisait le cœur de William, c'est qu'il y avait bien eu des prétendantes, à commencer par Aurore. William était tombé amoureux d'elle, de ses yeux vert clair et de sa chevelure blonde étincelant au soleil au moment même où il avait croisé son regard. Aurore semblait tout autant charmée. Les parents du prince, eux, s'étaient montrés plus mesurés et William ne se l'expliquait pas.

Sans qu'il comprenne pourquoi, son père et sa mère exigeaient toujours des prétendantes qu'elles passent une nuit au château. Aurore s'était pliée de bonne grâce à cette demande mais était partie sans mot dire ni même attendre le petit matin, ce qui avait brisé le cœur de William. Il s'en ouvrit à ses parents, mais ceux-ci restèrent circonspects. William se sentait donc bien seul. Pour se distraire, il tirait à l'arc et parlait chaque jour à son meilleur ami, le cheval Pérusse. Il était son confident, et même si le quadripède lui répondait rarement, il se sentait compris.

Devant la peine et la solitude de leur fils, les parents de William lui présentèrent alors Melinda, une jeune princesse originaire du nord du pays. Elle était certes un peu rustre mais rigolote. Et si Melinda l'amusait et partageait sa pratique du tir à l'arc, William pensait beaucoup à Aurore. Comme à leur habitude, les parents demandèrent à la princesse de passer la nuit au château. Cependant, au matin, tout comme Aurore, Melinda avait disparu...

Il y eut alors Stéphanie, Alexandra, Hilda, Anaïde... Mais le résultat fut chaque fois le même. William ne comprenait pas ce rejet et son cœur se serra de plus en plus.

Une après-midi, alors qu'il se promenait dans le château, il fut pris de fatigue et s'accorda une sieste. Quand il se réveilla, il découvrit que le château était vide. Il le parcourut en tous sens, à la recherche des sujets ou de ses parents mais ne rencontra personne. Même Pérusse était introuvable. Il sortit de la bâtisse et trouva le roi, la reine et tous les domestiques au fond du jardin, les mains sur les oreilles. Devant leurs visages effrayés, William se sentit confus. Il ne comprenait pas.

Le roi s'approcha alors de son fils pour lui parler. Il redoutait ce moment mais il était nécessaire. William devait savoir...

Son père lui raconta qu'il n'avait pas pleuré le jour de sa naissance et que c'était très rare. C'était un bébé en bonne santé et agréable. Mais dès ses premières nuits, le roi et la reine comprirent que la vie de William ne serait pas facile. Car aussitôt endormi, William ronflait... Rien d'anormal, me direz-vous, sauf que les ronflements de l'enfant étaient les plus sonores jamais entendus, si bien qu'il avait rendu presque sourd un médecin venu l'ausculter.

Ronfll...

Sa respiration bruyante provoquait chez les personnes qui l'entendaient des dégâts auditifs irrémédiables. Impossible de partager une nuit de William sans devenir fou ou sourd. Seuls ses parents semblaient immunisés. Ils avaient développé une faculté d'adaptation faisant d'eux les seuls à pouvoir dormir dans le château en même temps que leur fils, à la condition de ne pas être trop près de lui non plus...

William comprit alors tout, la chambre dans la haute tour, les prétendantes qui partaient dans la nuit, la raison de sa solitude. Le prince eut alors la terrible intuition qu'il ne trouverait jamais une princesse qui l'aimerait pour ce qu'il était.

Les jours suivants, William allait et venait dans le château sans but, et même Pérusse n'arrivait plus à provoquer chez lui un sourire.

Mais un matin, on frappa à la porte du château. C'était la princesse Grâce. Elle était d'une beauté sans pareille et, à sa vue, William en tomba presque à la renverse. Elle fit une révérence et se présenta au roi et à la reine très humblement. Le prince, qui l'observait de loin, ne put décrocher son regard de la princesse.

Il fut invité à se présenter à Grâce. Les deux jeunes gens se regardèrent en riant, comme s'ils étaient déjà amoureux l'un de l'autre. Le roi et la reine, craignant que le cœur de leur fils soit de nouveau brisé, renvoyèrent la princesse d'où elle venait. Mais William s'interposa. Que faire ? Après réflexion, ils décidèrent de céder au désir de leur fils mais de ne pas loger la princesse dans le château. Elle dormirait au village, ce qu'elle accepta sans sourciller. Étrange...

Les jours suivants, William chevauchait Pérusse pour aller chercher Grâce au village et lui faire visiter le comté. Ils riaient comme des enfants. Chaque jour, leur amour grandissait. Cela devint si visible que même William prit peur. Comment réagirait Grâce si un jour elle découvrait son secret ? « Elle fuira sans doute, comme toutes les autres... », se dit-il.

William décida alors de s'éloigner de Grâce. Ce matin-là, il n'alla pas au village et resta couché dans sa chambre, comptant les carreaux qui se trouvaient au plafond. Ses parents vinrent le voir, essayant de lui remonter

le moral et lui disant qu'il avait sûrement fait le bon choix. Mais William demeurait inconsolable, convaincu qu'il finirait sa vie seul.

Le deuxième jour, Grâce se rendit au château. Le roi et la reine lui conseillèrent de s'en aller, prétextant que leur fils était souffrant, mais la princesse insista et se dirigea vers la chambre du prince. Elle trouva William allongé sur son lit et en proie à une grande tristesse. Sans prévenir, elle déposa un baiser sur sa joue. William sourit, elle aussi. Le roi et la reine, qui avaient suivi la princesse, furent attendris par cette scène et décidèrent de soumettre Grâce au test consistant à passer la nuit au château. Ils dînèrent tous ensemble puis, la nuit venue, chacun partit se coucher.

Grâce dormait dans la chambre mitoyenne du prince. Angoissé, William fit tout pour ne pas s'endormir mais ses yeux finirent par se fermer.

Il se réveilla en sursaut au petit matin. Mince ! Il s'était endormi... Il se leva d'un bond pour aller frapper à la porte de la princesse mais n'obtint aucune réponse. Il ouvrit... personne. Il s'effondra à terre, les larmes coulèrent sur ses joues. C'est alors qu'il entendit quelqu'un monter l'escalier. Il leva les yeux et vit Grâce. Elle avait entre les mains un plateau de petit déjeuner. William n'en crut pas ses yeux. La princesse était toujours là, elle n'avait pas fui... Comment était-ce possible ?

Ils passèrent la journée au château à jouer aux échecs. Les parents de William furent pour le moins surpris et demandèrent à Grâce si elle avait passé une bonne nuit, ce à quoi elle répondit qu'elle avait dormi comme un bébé. Même le prince avait du mal à accepter cette réponse. La seconde nuit, William s'endormit et, au petit matin, Grâce était toujours là. Tout le monde commença à devenir suspicieux.

Deux jours plus tard, la princesse Grâce vint voir William avec des fleurs en lui expliquant qu'elle était sûre qu'elle avait rencontré son prince charmant. William était abasourdi. Il était si apeuré qu'il n'osa pas lui révéler son secret. Mais le prince avait un plan : ne pas dormir de toute une nuit. Ainsi, il pourrait aller observer la princesse durant son sommeil.

Le soir venu, William s'assit au bout de son lit et but un pichet entier de café. Pendant qu'il essayait de rester éveillé, il vit de la lumière sous la porte de la chambre de sa dulcinée. Il alla observer par le trou de la serrure et vit Grâce en train de boire une immense carafe de café. Ceci fait, elle se gifla. Le prince ne comprenait pas ; il avait l'impression que celle-ci s'empêchait de dormir également. Cela n'avait aucun sens. Il se baissa d'un coup quand il vit Grâce s'avancer vers la porte. C'est alors qu'il l'entendit parler toute seule : « Mais bon sang : pourquoi il ne dort toujours pas ?... Je ne vais pas tenir une nuit de plus sans dormir, des nuits entières sans sommeil depuis que je suis au château, c'est impossible ! »

William retourna éteindre la lumière et revint derrière la porte observer la princesse. Elle commençait à piquer du nez, puis finit par sombrer dans un profond sommeil. C'est alors que William comprit que Grâce était l'amour de sa vie.

La princesse, elle aussi, avait un secret. Une fois endormie, elle se mit à chanter. Elle chantait très mal et très fort, si bien que la carafe en cristal explosa. William se couvrit les oreilles et ouvrit la porte de la chambre de Grâce, vint se coucher auprès d'elle et s'endormit. Ronflant et chantant à l'unisson, ils réveillèrent le royaume tout entier.

On célébra leurs noces quelques mois plus tard. Tout le royaume fut ému de voir leur prince si heureux. Des travaux furent entrepris au château pour rendre les murs le plus épais possible. La chambre nuptiale fut insonorisée. Les domestiques purent réinvestir le château, y compris la nuit, munis de bouchons d'oreilles. Des règles simples furent établies, et c'est ainsi que quelques années plus tard, la princesse donna naissance au petit Gabriel. Un petit garçon aux yeux rieurs et au visage joufflu qui, lui, souffrait de flatulences nocturnes ! Mais ses parents ne s'en inquiétèrent pas, certains qu'il trouverait lui aussi, un jour, chaussure à son pied.

La poupée d'or

23 février. Il fait froid, la neige tombe sur le village. Les rues sont désertes, tout le monde est au chaud chez soi, profitant d'un bon feu de cheminée. Seule une petite boutique de jouets a sa devanture allumée.

La porte s'ouvre violemment et un homme jette un objet sans que l'on puisse distinguer de quoi il s'agit. La porte claque de nouveau et la lumière de la boutique s'éteint. En entendant des gémissements, un chien errant s'approche et découvre Diane, la poupée cassée.

Diane est mal en point. Albert, le chien, lui demande si tout va bien alors qu'elle tente de se relever.

– Je suis cassée, mon fabricant m'a jeté dehors. Mais en faisant cela il m'a encore plus cassée que je ne l'étais déjà...

– Tu vas avoir froid dehors, viens avec moi...

Diane essaye de se tenir debout et accepte de monter sur le dos d'Albert pour que celui-ci l'emmène dans son repère : sous le pont des secrets. Là se trouve une petite trappe qu'il soulève. C'est alors que Diane découvre un endroit caché où un feu brûle pour tenir chaud à tous les occupants, d'autres animaux errants, amis d'Albert.

– Tu es ici chez toi ! lui dit Albert en l'aidant à descendre de son dos.

Diane, toujours en boitant, s'assoit près du feu. Albert et ses amis l'observent. Il lui manque quelques doigts, un morceau de sa joue a disparu et sa jambe gauche est un peu tordue. Ursula la chienne s'approche de Diane pour lui apporter du thé. Diane la remercie, la chaleur du lieu lui fait du bien. Elle se met alors à raconter son histoire.

Pablo l'avait fabriquée quelques années plus tôt, c'était sa fierté. Il la trouvait si belle et si fabuleuse qu'il refusait de la vendre, et pourtant ils étaient des dizaines par jour à lui proposer des sommes faramineuses pour obtenir Diane.

C'était une poupée de porcelaine avec de longs cheveux couleur feu et de grands yeux azur. Elle avait une robe couleur émeraude. Son visage était d'une douceur telle que chaque personne posant son regard sur elle ne pouvait s'en détacher.

Mais un matin d'octobre, la petite Lisa ne put s'en empêcher. Profitant d'un moment d'inattention de ses parents, elle saisit la poupée. Pablo, fou de colère, attrapa violemment la petite fille par le bras qui, surprise, lâcha Diane. La poupée tomba au sol.

D'un coup, le temps s'arrêta, Pablo pouvait entendre son pouls battre. Il se baissa pour ramasser la poupée. Son cœur se brisa comme la porcelaine dont Diane était faite. Il hurla aux clients de sortir de la boutique, ferma à clef derrière eux et s'assit. Il prit alors la poupée dans ses bras.

– Que t'ont-ils fait ?

Pablo resta un moment seul avec Diane en silence. Quand la nuit tomba, l'artisan se décida d'un coup : il allait réparer sa Diane. Un travail très minutieux pour lui rendre sa splendeur l'attendait et il y consacra la nuit.

Au petit matin, Pablo releva la tête. Il avait recollé les morceaux, récupéré des éléments sur d'autres poupées pour réparer Diane. En l'observant, il ne put cacher sa déception : Diane n'était plus la même pour lui. Il n'arrivait même plus à la regarder. Il la posa sur son étagère et partit se coucher. Pablo dormit toute une semaine, inconsolable.

Le lundi suivant, il reprit du poil de la bête et rouvrit sa boutique. Mais à son grand désespoir, personne ne vint ce jour-là. La rumeur s'était répandue que Diane n'était plus la même et l'enthousiasme pour la petite poupée avait disparu avec elle.

Un jour, deux jours, dix jours passèrent. Toujours personne, et chaque fois que Pablo se retournait vers l'étagère des poupées, il croisait le regard de Diane et se reflétait en elle son échec. Fou de colère, il la saisit et la jeta hors de sa boutique.

Diane était triste, triste d'avoir déçu son père. Il ne l'entendait pas quand elle parlait, pourtant elle avait bien tenté de lui dire qu'elle était toujours la même et que son amour pour lui n'avait pas changé mais elle avait beau crier, le son s'évanouissait dans le néant.

Diane se réchauffe maintenant auprès de ses nouveaux amis en leur racontant son histoire.

– Nous, nous t'entendons, lui dit Albert. Passe la nuit ici, demain est un autre jour.

Au réveil, Diane est toute désarticulée, elle remet doucement ses bras et ses jambes en place. Elle aperçoit un miroir au loin et se présente devant lui. Elle s'observe des pieds à la tête. Dans son esprit, la voix de son fabricant résonne : « Tu es hideuse, tu es inutile maintenant, tu es cassée... Regarde-toi ! »

Diane essaie de rester digne mais la voix est si forte que les larmes lui brouillent la vue. Albert surgit tout à coup et, voyant la détresse de la poupée, pose une patte sur son épaule. Sans dire un mot, il lui montre les poils qu'il lui manque sur le dos, Mara la lapine s'approche et fait une pirouette malgré ses trois pattes, Samuel, le chat borgne, dit doucement :

– Je n'ai qu'un seul œil... et heureusement, sinon mes yeux n'auraient pu supporter autant de beauté. Tu n'es pas cassée, tu es magnifiée. Quelle tristesse que la banalité... Que d'histoires racontent ton corps ! Que de jolies fissures qui ressemblent à des ruisseaux ! Tu es unique et c'est cela qui est merveilleux.

Diane se retourne vers Samuel, saisit un bout de bois au sol et le colle au bout de sa main pour remplacer son doigt perdu. Elle observe sa main et sourit.

– Regardez ! On dirait une œuvre d'art... Attendez-moi là.

Et Diane part en trombe. Plusieurs heures s'écoulent. Mais quand elle revient, ses amis sont émerveillés. Diane a enlevé sa robe déchirée et porte à la place une création faite à partir de feuilles automnales, des bouts de tissus trouvés çà et là... un vrai festival de couleurs !

En s'approchant, Albert est happé par une lumière, une chose scintillante présente sur le visage de Diane. Ses fissures sont désormais soudées par de l'or, faisant de son visage une œuvre d'art des plus splendides. Diane se sent forte, charismatique et magnifique. La tête bien droite, elle est désormais consciente de sa valeur.

Accompagnée de ses amis, elle sort du repaire pour prendre l'air dans la ville. À l'angle de la rue du magasin de jouets, Pablo remarque Diane. Il se dirige rapidement vers elle, subjugué par tant de beauté, et s'agenouille, implorant son pardon.

Diane saisit son visage entre ses mains.

– Je te pardonne, je pardonne tes mots, je pardonne tes gestes. Je pardonne ta mélancolie et ta solitude, mais je vais désormais explorer le monde. Je ne serai plus une poupée sur une étagère.

Pablo entend la voix de Diane pour la première fois, mais il est trop tard, elle est déjà partie. Albert, Mara, Samuel, Ursula et Diane se dirigent vers l'une des sorties de la ville, soudés et forts. Ils ont désormais un but : parcourir le pays à la recherche d'autres âmes brisées pour les réconcilier avec elles-mêmes.

Le pirate qui avait le mal de mer

Bernie est devant sa cheminée. Il aime entendre le bois crépiter et la chaleur qui s'en dégage. Tous les soirs c'est à cet endroit précis qu'il s'adresse à son père, Barbe-à-Papa, le célèbre pirate disparu la semaine dernière. On ne présente plus cet illustre personnage, devenu emblématique, ce brigand que tous les gens du métier idolâtrent.

C'est une lourde responsabilité pour Bernie que d'être le fils du plus grand pirate de tous les temps ; c'est même un job épuisant. Depuis tout petit, il est prédestiné à suivre les traces de son père. Qu'il le veuille ou non, il devra faire honneur à la famille. Et ce matin, c'est avec un stress perceptible que Bernie enfile sa chemise, son pantalon de brocart et sa veste de boucanier. Le chapeau de son père vissé sur sa tête, le voilà parti pour le grand jour, celui où il doit reprendre le flambeau.

Mais Bernie a un terrible secret, un secret qui remet en question tout son héritage. Aujourd'hui, tous les pirates vont l'écouter et le suivre, car il va officiellement devenir leur chef. Et Bernie va devoir cacher qu'il a le mal de mer.

La tête haute, le regard grave, il s'avance sur le pont. Tout le monde le regarde. Son père lui a toujours dit : « Mon fils, si tu ne sais pas ce que tu fais là et que tu as peur, fronce les sourcils, tu auras l'air déterminé. »

Alors Bernie applique à la lettre ce conseil. Mais l'angoisse est forte : que va-t-il se passer s'il se sent mal en plein discours ? « Vont-ils penser que je suis faible ? » se demande-t-il.

Le bateau est là, grand et majestueux… *Le Perroquet d'or*.

C'est alors que Bernie distingue un élément rassurant. Il vient en effet d'apercevoir sur le bateau Dents jaunes. C'est un vieux pirate, l'ami de son père, qui a toujours été gentil avec lui. Sa simple vue lui donne l'aplomb nécessaire pour poser le pied sur le pont.

Tous les pirates s'agitent et hochent la tête en signe de respect envers leur nouveau chef. On demande à Bernie si le bateau peut partir. Un premier haut-le-cœur inquiète celui-ci, mais il ne laisse rien paraître. Il acquiesce et le bateau quitte le quai.

Dents jaunes s'approche de Bernie et lui met la main sur l'épaule.

– Alors petit, c'est ton heure… C'est toi le capitaine maintenant !

Bernie sourit mais a le cœur au bord des lèvres. Il part précipitamment se cacher dans sa cabine. C'est tout son petit déjeuner que Bernie rend à la mer par le hublot… Quel enfer !

Il n'a pas du tout envie d'être là, il n'a pas envie non plus d'être un pirate, il n'a jamais aimé se livrer au pillage et boire du rhum toute la journée. On frappe à la porte. C'est Dents jaunes. Bernie tente d'essuyer la sueur de son front et ouvre la porte.

– Alors petit, on a l'estomac au bord des lèvres ?

Comment le vieux pirate a-t-il deviné ? Mais Bernie a la mémoire courte… Quand il était petit, c'était Dents jaunes qui s'occupait de lui sur les bateaux quand il accompagnait son père. Et il savait bien que cet enfant ne supportait pas la mer. Rien n'avait changé en somme.

Bernie s'assoit. Il se sent bête et choisit de se confier à son vieil ami.

– Comment je peux faire ? Je déteste la navigation ! À chaque secousse c'est un supplice pour moi. Pourquoi a-t-il fallu que mon père disparaisse ?

Je ne sais même pas quoi dire à ces hommes ! Et puis ils vont découvrir quel gros nul je suis à force de... Qu'est-ce que tu ferais à ma place ?

Le vieil homme prend place à côté de Bernie et lui raconte les histoires que son père avait toujours voulu lui raconter sans avoir jamais trouvé le temps de le faire. Barbe-à-Papa était un pirate angoissé, il avait sans cesse peur de ne pas rentrer chez lui. Dents jaunes raconte à Bernie toutes les failles que le pirate avait tenté de cacher, mais surtout qu'il aimait profondément son fils et était fier de lui.

À ces mots, Bernie reprend courage et décide de faire front. De toute façon il a rendu tout son petit déjeuner : que peut-il craindre de plus ?

Le voilà qui débouche triomphant sur le pont.

– Cap sur la mer, s'écrie-t-il.

– Mais on y est déjà, monsieur, répond un homme en train de nettoyer le pont.

Bernie se sent idiot, il ne connaît même pas les termes propres à la navigation. Il fronce alors les sourcils, son arme infaillible, et se campe debout à la proue du bateau, face à l'horizon. En levant la tête, il croit voir le visage de son père dans les nuages. Il sourit et apprécie le vent sur son visage. C'est alors qu'un nouveau haut-le-cœur le saisit, venu de nulle part. Le capitaine se penche et vomit discrètement par-dessus le bastingage. Il se relève comme si de rien n'était. Mais un détail le surprend, il se penche de nouveau en avant et observe les ornements gravés dans le bois sur la coque du bateau. Comment avait-il pu ne pas voir ce travail sublime ? Il commence à étudier le bateau et repère tous les détails qu'il n'avait pas vus jusqu'ici, obsédé par ses nausées.

Bernie a toujours aimé le travail du bois. Quand il était plus jeune, il taillait des bûches pour en faire des personnages avec lesquels il jouait le soir. Il avait un jour créé une effigie de son père.

À la fin de cette première journée, il débarque fièrement en félicitant son équipage qui, lui, reste béat. Ses hommes n'ont rien compris à cette journée. Leur capitaine leur a fait faire des allers-retours inutiles sans jamais leur donner de but précis. Mais ils ont confiance dans le fils de Barbe-à-Papa. « Il sait sûrement ce qu'il fait, se disent-ils, il a peut-être même trouvé un trésor au fin fond de l'océan sans nous le dire et nous guide au jugé ? Pourquoi pas ? »

Une fois chez lui, Bernie fonce prendre un bain. Quelle journée épuisante et décevante ! Ce n'est pas du tout ce qu'il avait imaginé. Comment va-t-il pouvoir gérer sa vie entière comme ça ?

Pendant qu'il se laisse aller, enveloppé dans une douce chaleur, Bernie se met à rêver. Il rêve de son père ; il adorait monter sur ses épaules et s'amuser avec lui. Des soirées entières à manipuler les figurines du petit Bernie, à jouer au pirate et au corsaire. Que son père lui manque...

Il sort du bain, triste, et se dirige vers sa chambre. Il se saisit de ses anciens jouets, les observe et remarque des défauts, il prend alors son couteau et se met à rectifier et à améliorer les figurines... C'est avec une aisance qu'il croyait oubliée que Bernie peaufine ses œuvres.

Le lendemain, il retourne sur le navire et ressent la même souffrance physique, comme si son corps rejetait l'idée de satisfaire des ambitions qui ne sont pas les siennes. L'équipage commence à douter de ses qualités de capitaine et des commérages se font entendre sur le navire.

Les jours et les semaines passent et aucun trésor à l'horizon, aucune victoire pour les pirates. Bernie se sent de plus en plus mal à l'aise. Son seul plaisir est de rentrer le soir pour sculpter tout un tas d'objets. C'est ça, son moment à lui, le travail du bois...

Le lendemain, sur *Le Perroquet d'or*, alors que Bernie se tient face à l'horizon, au seul endroit du bateau où les nausées sont moins fortes, Dents jaunes se rapproche de lui et lui pose amicalement la main sur l'épaule.

– Alors petit, comment tu vas ? lui demande le vieil homme.

À ces mots, Bernie se met à sangloter. Il craque et dit alors à Dents jaunes tout ce qu'il a sur le cœur, son malaise physique à être ici, le fait de ne pas trouver sa place, la peur de décevoir son père. Le pirate invite alors Bernie à s'asseoir et lui dit simplement :

– Ton père, c'est ton bonheur qu'il voulait, c'est tout. Il n'a jamais voulu te forcer à quoi que ce soit. Il était fier chaque fois que tu respirais...

Comment a-t-il pu ne pas y songer avant ? Bernie a toujours pensé que son père souhaitait qu'il reprenne son histoire mais à aucun moment il n'a imaginé qu'il parlait de son histoire à lui. Et seulement à lui.

Cette discussion est comme une lueur dans un ciel noir. Bernie rassemble alors l'équipage sur le pont. À cœur ouvert, il raconte tous les souvenirs qu'il a de son père, parle de l'amour qu'il porte à l'histoire de Barbe-à-Papa et confie qu'il ne se pense pas digne de diriger le bateau. Il sait comment faire partie de cet équipage mais ce n'est pas en tant que capitaine. Il sera avec eux sans être vraiment là. Personne ne comprend, mais étrangement tout le monde est séduit par son discours. Avant de partir, il nomme Dents jaunes capitaine et lui visse son chapeau sur la tête. C'est à son vieil ami de reprendre l'héritage de son père, c'est le meilleur pirate qu'il ait connu ! Fier, Bernie rentre chez lui. Il sait ce qu'il doit faire.

Quelques mois plus tard, Bernie se tient droit sur le port. C'est un grand jour pour lui. Il le sait depuis toujours, il a un talent, pas celui qu'il attendait mais c'est le sien. Au loin se dessine peu à peu une ombre. Bernie aimait le bois, et il aimait les pirates ; il a toujours aimé ça. Mais comment tenir sa promesse ? Comment rester fidèle à la piraterie sans être vraiment là ?

C'est alors qu'il se présente à lui, gigantesque, somptueux : le *Barbe-à-Papa*. Ce navire insubmersible mettrait à l'abri tout son équipage. Bernie le savait, son père en serait fier, et lui, il lui rendait ainsi hommage. Un navire portant son nom, parcourant le monde à la recherche de trésors sous la conduite d'un capitaine bienveillant, Dents jaunes.

Et voilà comment Bernie trouva sa voie : en devenant le plus grand constructeur de navires ! Un jour, peut-être, c'est son fils qui poursuivra son œuvre... ou peut-être pas...

La princesse et la princesse charmante

Le royaume d'Amare est un endroit réputé pour sa beauté et sa chaleur. C'est un lieu paisible où les habitants vivent en harmonie. Les reines sont aimées de leur peuple et le peuple aime ses reines.

Les deux femmes avaient toujours été soudées face à l'adversité. Lorsque Wynona était tombée amoureuse de Sarona, leurs pères avaient manifesté leur désapprobation. En effet, son amante, n'ayant pas hérité du titre de princesse, n'était qu'une simple cochère : inacceptable pour la cour. Mais devant la force de leur amour, les deux pères avaient cédé et Wynona avait épousé Sarona, l'amour de sa vie.

Depuis, les reines coulaient des jours heureux, s'occupant de leur fille, Savannah, une jeune femme un peu différente de tous les habitants d'Amare. Elle ne se sentait pas à sa place. Ses 19 ans approchant, elle savait que ses mères devraient bientôt lui présenter des prétendantes, ce qui l'angoissait énormément. Il faut dire que Savannah avait quelque chose à cacher : elle était secrètement amoureuse de Lowen, un jeune couturier.

Bien entendu, elle était parfaitement au courant qu'un tel amour ne pouvait exister, un homme et une femme ensemble relevant de l'hérésie. Mais il n'y avait rien à faire, elle l'aimait. Ils s'étaient rencontrés enfants et passaient tout leur temps ensemble. Lowen et ses pères étaient les stylistes les plus réputés du royaume. La première robe que le jeune couturier avait confectionnée avait été pour Savannah. Mais un jour, elle l'embrassa sur la joue et le petit garçon se mit à rougir. Il n'en fallut pas plus. Parfois, l'évidence s'impose, et ces deux-là étaient faits l'un pour l'autre. Ils avaient pourtant toujours réussi à cacher leur romance et tout le monde était persuadé qu'ils étaient de simples amis. Cependant, lundi prochain, Savannah aurait 19 ans et, malheureusement, Lowen et elle savaient qu'ils allaient devoir se séparer.

Wynona avait toujours senti que sa fille était malheureuse, et plus encore à l'approche de ses 19 ans, mais les traditions sont les traditions. Elle ne pouvait s'empêcher de se rappeler ce qu'elle avait été au même âge, les prétendantes que son père et celui de Sarona tentaient de leur imposer et sa tristesse de ne pas pouvoir épouser celle qu'elle aimait. Elle tenta alors de savoir si Savannah avait un secret, notamment si elle aimait une personne dont elle n'était pas censée s'éprendre.

Lorsqu'elle vint lui parler, Savannah fut muette comme une tombe, prétextant même son impatience de découvrir les jeunes filles qui viendraient pour la séduire. La peur de décevoir sa mère était trop grande, elle avait tant de fois essayé de s'ouvrir à elle mais avait aussi entendu une histoire, une triste anecdote, celle d'un homme tombé amoureux d'une femme qui avait été rejeté par tous. Depuis, Savannah était terrorisée.

Le grand jour des 19 ans de Savannah arriva. Comme prévu, Lowen se présenta au château pour lui remettre la robe qu'elle devait porter en ce jour si particulier. Savannah prétendit vouloir être seule avec son styliste pour enfiler la robe et ne sortir de sa chambre qu'une fois préparée. Ainsi garderait-elle l'effet de surprise.

L'essayage fut long et douloureux pour les deux amants. Ils tentèrent de faire durer ce moment aussi longtemps qu'ils purent, s'enlaçant et s'embrassant, pleurant parfois, comprenant que ce serait sûrement la dernière fois. Une fois prête, Savannah prit la main de Lowen et l'embrassa avant de sortir de la pièce, le cœur en morceaux.

La journée fut un interminable défilé de jeunes filles venues pour tenter de séduire la princesse. Mais Savannah avait le cœur gros et son regard ne put se détacher de Lowen, resté au fond de la salle les yeux rougis. Le soir venu, les mères et leur fille tentèrent de faire le point sur ce qu'avait été la journée. Mais Savannah resta muette. Sarona fut déçue de la réaction de sa fille et le lui fit savoir tandis que Wynona tenta de la comprendre. La famille se disputa, Sarona claqua la porte, laissant sa femme et sa fille en tête à tête.

Wynona prit alors Savannah dans ses bras. Face à la douceur maternelle, la princesse fondit en larmes. C'en était trop, elle devait tout lui dire, lui révéler qui elle était et qui elle aimait. Peu importe qui, où, et comment, l'amour est la plus belle chose au monde.

Elle prit son courage à deux mains et se mit à parler de Lowen. Elle raconta tout à sa mère, sa rencontre, ses peurs, ce secret trop lourd et par-dessus tout cet amour qu'elle ne voulait pas perdre. Wynona, d'abord offusquée, se détendit au fur et à mesure que sa fille lui racontait ce qu'elle ressentait, culpabilisant de ne rien avoir pressenti, de voir sa fille tant souffrir et, d'une certaine manière, de ne pas l'avoir soutenue. Sans un mot, elle serra fort Savannah dans ses bras et lui demanda pardon.

Mais à ce moment-là, Sarona entra en trombe dans la pièce, ayant tout écouté derrière la porte, et se mit à hurler sur sa fille, l'accusant d'avoir jeté la honte sur la famille. Wynona tenta de s'interposer mais rien n'y fit. Hors d'elle, Sarona gifla sa fille, ordonna aux gardes de l'enfermer dans sa chambre et de ne la laisser sortir sous aucun prétexte.

Dévastée, Savannah s'écroula en larmes sur son lit. Elle entendit ses mères se disputer dans une pièce voisine.

– Ce n'est plus ma fille ! s'emporta Sarona.

– Comment peux-tu dire une chose pareille ? Je ne te reconnais pas.

– Tu as été trop indulgente avec elle et voilà le résultat. Comment va-t-elle survivre dans ce monde maintenant ?

– Je trouve que tu as la mémoire courte, nous non plus n'avions pas le droit de nous aimer… et pourtant !

– Qu'en sera-t-il de notre descendance ? As-tu déjà vu un homme et une femme s'accoupler pour donner un héritier ?

La dispute n'en finissait plus et chaque mot de Sarona était un coup de poignard dans le cœur de la princesse.

Recroquevillée dans un coin de la pièce, Savannah entendit la porte s'ouvrir. Enveloppée dans une énorme cape, Wynona releva sa fille et l'accueillit sous sa cape. Elle demanda à sa fille de ne pas faire de bruit et c'est ainsi qu'elle la fit sortir du château.

Les deux femmes s'engouffrèrent dans la forêt. Soudain, Wynona s'arrêta pour regarder sa fille. Elle lui expliqua qu'elle allait la laisser ici le temps de tout faire pour arranger les choses. Un bruit se fit entendre derrière elles. Savannah se retourna… Lowen ! Elle sauta dans ses bras et l'embrassa. La reine confia sa fille au jeune homme en lui rappelant leur accord et repartit.

Le couple resta caché quelques jours dans une auberge à la lisière de la forêt, ne sachant pas trop à quoi s'attendre. Le cinquième jour, l'impossible se produisit lorsque Wynona pénétra dans l'établissement suivie d'une autre personne encapuchonnée. Celle-ci se découvrit pour dévoiler le visage de… Sarona. D'abord effrayée, la princesse se cacha derrière Lowen. Et devant la peur de sa fille, Sarona adoucit son visage et s'agenouilla devant elle.

– Je te demande pardon, ma fille. J'ai mal agi et je suis devenue ce que je détestais. Nous avons parlé avec ta mère et elle m'a rappelé que nous non plus n'étions pas faites pour être ensemble à l'origine. Mais l'amour que l'on se portait était si sincère, si puissant que même les plus ancestrales des traditions ou les plus idiotes règles ne pouvaient se mettre en travers. Il y a une semaine, quand je t'ai entendue, j'ai eu honte. Mais pas de toi, de moi. Honte de causer la peine de mon enfant. Et j'ai eu peur, peur de ce que vous alliez devoir affronter. Le monde est effrayé par la différence, mais comme avec toute chose, il finit toujours par l'accepter et l'apprécier. Et si nous arrivons enfin à entrer dans une ère de changement, je veux faire partie de celles qui marchent dans le bon sens… avec vous. Si c'est avec Lowen que tu veux être, c'est avec lui que tu seras, et tant pis pour les qu'en dira-t-on. Je t'aime… Et après tout… nous sommes reines : si quelqu'un peut changer les choses, c'est bien nous.

À ces mots, Savannah sauta dans les bras de sa mère, comprenant que la colère était en fait une peur qui s'était exprimée avec maladresse. La reine enlaça ensuite Lowen et la famille quitta l'auberge pour rejoindre le château.

Quelques jours plus tard, la nouvelle fut annoncée. Les habitants du royaume se divisèrent en deux camps. D'un côté les intolérants allant même jusqu'à refuser de discuter et rejetant la princesse, et de l'autre celles et ceux qui saluèrent le courage de la princesse et qui aimaient célébrer l'amour. À la surprise générale, les intolérants étaient bien moins nombreux que les autres, ce ne fut donc pas un problème de les chasser du royaume !

Il y eut une vague de révélations et de tendresse parmi les habitants. Des hommes et des femmes qui eux aussi s'étaient aimés en cachette se sentirent désormais libres de vivre au grand jour… enfin !

Ce fut le plus beau mariage jamais célébré au château et la noce dura dix jours. À la fin des festivités, Savannah communiqua à ses mères un projet qu'elle et Lowen avaient depuis toujours. Les reines, enchantées, accompagnèrent leur fille jusqu'à l'orphelinat du royaume. Lowen et Savannah rencontrèrent Soann qui, adopté, devint leur petit garçon. Et comme l'on dit souvent dans les contes, ils vécurent heureux et eurent beaucoup d'enfants.

Dragon

Ava est une jeune fille douce mais déterminée, forte mais fragile. Tout ce qu'elle sait, c'est son père qui le lui a enseigné. Elle n'a toujours vécu qu'avec lui, ils sont terriblement soudés, rien ne peut les séparer. Quand elle était toute petite, son père lui avait expliqué qu'il n'y aurait qu'eux deux mais que ce n'était pas grave. Le nombre importe peu, la qualité est bien plus importante. Et il avait raison. Sa famille, c'était lui, et elle ferait tout pour le rendre fier.

Mais ce matin-là, la vie allait en décider autrement. Claude est fatigué, il ne se sent pas très bien. Ava appelle un médecin, celui-ci semble inquiet de son état. Ava a une mauvaise intuition mais ne le montre pas. Ensemble ils décident d'aller voir d'autres docteurs et, quelques semaines plus tard, le verdict tombe : Claude est malade, il y a une maladie qui grandit en lui, une maladie qui risque de tout détruire.

C'est tout le monde d'Ava qui s'écroule. C'est impossible, son père ne peut pas tomber malade... Mais il la prend dans ses bras. « Tout ira bien », lui dit-il...

Les semaines suivantes sont faites d'allers-retours entre l'école et l'hôpital pour Ava. Chaque fois que celle-ci quitte l'établissement, l'angoisse l'envahit, elle a toujours peur, peur d'entendre une mauvaise nouvelle, peur de le perdre. Elle décide alors d'arrêter d'aller à l'école pour rester à son chevet. Le temps passe et l'état de Claude empire, son corps entier souffre de cette maladie qui est en train de tout détruire. Puis un jour, il tombe dans le coma...

Dès lors, Ava ne sort plus du tout de l'hôpital. Au cours d'une nuit plus calme que les autres, alors qu'elle veille sur son père comme à son habitude, un livre à la main, et qu'elle s'endort doucement, un flash éblouissant apparaît dans la pièce. Aveuglée, Ava ferme les yeux. Quand elle les ouvre de nouveau, un homme se tient face à elle. Il a une longue barbe blanche, son regard est gris comme le ciel et il porte une grande robe bleue. L'homme fixe Ava, qui n'ose bouger. Elle devrait être effrayée mais rien n'y fait, elle est fascinée par cet être étrange qui vient d'apparaître.

L'homme se penche sur son père endormi et lui touche le front amicalement avant de s'adresser à la jeune fille :

– Quel serait ton plus grand rêve ?

Surprise par cette entrée en matière, Ava répond cependant à l'homme sans sourciller :

– Je ne veux pas le perdre, je souhaite qu'il guérisse...

– Et si je t'en donnais le pouvoir, qu'en dirais-tu ?

Ava écarquille les yeux. Qui est donc cet homme si étrange ? Se pourrait-il qu'il s'agisse d'un ange ? L'espoir qu'il fait naître est trop grand... Elle répond qu'elle accepterait sans aucune hésitation.

Ava va ainsi découvrir que tout ce qui constitue sa réalité va changer. Le sage pose une main sur le front de la jeune fille et l'autre sur celui de son père. Une seconde lueur remplit la pièce et Ava ferme fort les yeux.

Quand elle les rouvre, elle hallucine... Elle est en pleine montagne ! Mais comment est-ce possible ? C'est alors qu'elle découvre que sa tenue est elle aussi différente. Dans son costume de guerrière, armée d'un sabre qu'elle porte dans son dos, Ava est déroutée. Elle commence à marcher, ne sachant pas vraiment où aller. Elle finit par distinguer un village en bas de la montagne et décide de s'y rendre. Peut-être y trouvera-t-elle des réponses ?

Devant l'entrée de la ville, une impression étrange l'envahit. Tout lui semble familier, ce qui n'a aucun sens puisqu'elle n'est jamais venue ici - elle ne sait même pas comment elle est arrivée là.

Un homme se présente à elle et la salue. Il semble la connaître.

– Vous êtes enfin là ! Nous vous attendons depuis si longtemps ! Maître Goali nous a dit qu'il partirait vous chercher et que vous accepteriez de nous aider à protéger le village !

Ava demande alors à l'homme où elle se trouve, ce qu'elle fait ici et qui ils sont. C'est alors que tout s'éclaire : Gil est le maire du village, il a prié maître Goali, grand sage et grand protecteur de l'humanité, de chercher la plus grande guerrière de tous les temps, et c'est là qu'Ava intervient.

La jeune fille s'étonne et explique à Gil qu'elle ne pense pas être la bonne personne, mais rien n'y fait puisque « maître Goali ne se trompe jamais ». Il l'invite à rejoindre la maison qui lui est réservée pour qu'elle puisse se reposer avant de parler « du plan d'attaque »... Quel plan d'attaque ?

Elle parcourt le village et chaque personne qu'elle croise lui sourit et la salue, tout le monde est chaleureux et accueillant. Mais quand elle passe devant l'infirmerie, son sang se glace. Comment un si petit village peut-il avoir autant de blessés ? C'est avec effroi qu'Ava découvre des femmes, des hommes et des enfants avec des blessures profondes. Mais qu'a-t-il bien pu se passer dans ce village ? Et de quoi Gil parlait-il quand il disait qu'Ava devait les aider à se protéger ? Tant de questions laissées sans réponses... Mais le maire a promis de tout expliquer à Ava dès le lendemain.

La maison qu'occupe la jeune femme est toute petite mais très accueillante. Une cheminée dégage une chaleur agréable et il y a de grosses couvertures posées un peu partout. Un dîner l'attend dans la cuisine. Elle décide de s'asseoir au coin du feu, son plat entre les mains. Étrangement elle se sent apaisée... Son dîner avalé, Ava fait un brin de toilette et en profite pour examiner sa tenue. Elle porte un pantalon avec des renforts sur les genoux, ainsi qu'une sorte de pull avec une protection aux coudes, un col montant, le tout fourré et chaud. Par-dessus, elle porte

un plastron bordeaux sur lequel un dragon est dessiné. Enfin, un manteau-cape recouvre l'ensemble. Son regard s'arrête naturellement sur le sabre, majestueux, et qui présente des détails en or. Elle s'endort paisiblement dans un lit douillet et moelleux, gardant un œil sur le sabre.

Au petit matin, on frappe à la porte. Ava, encore un peu endormie, va ouvrir. Gil est accompagné de Mimi et de Jean. Elle les fait entrer en leur demandant de patienter le temps qu'elle se prépare.

C'est une réunion de crise, ces trois personnes étant les plus importantes du village : Gil, le maire, Mimi, la médecin, et Jean, le fabricant d'épées. Il est temps de tout expliquer à Ava. Gil s'y emploie en racontant que quelques mois auparavant une armée a attaqué le village. Il n'avait jamais vécu une telle violence. Cette armée, composée de monstres sans visage et de trolls, était commandée par le roi Languorem, un ogre aux yeux sombres comme la nuit. Au fil du temps, l'armée du Mage noir s'était de plus en plus déployée au point d'envahir le monde entier. Seul le village résistait encore. Mais ses forces commençaient à s'affaiblir, poussant Gil à employer les grands moyens, c'est-à-dire à faire appel à la grande guerrière Ava. Mimi poursuit en évoquant les différentes attaques subies par le village, les blessés qu'il fallait protéger. Puis Jean décrit sa production d'armes pour assurer la défense de tous.

Depuis les premières attaques du roi Languorem, le ciel s'est voilé de nuages gris. Cela fait maintenant des mois que le village n'a pas vu les rayons du soleil. Ava, triste de découvrir une telle détresse, explique qu'elle ne sait pas se battre mais qu'elle fera tout pour les aider. Gil dévoile alors son plan.

Des siècles plus tôt, le pays était habité par des dragons. Les hommes vivaient en harmonie avec eux, ils étaient alliés en cas de guerre. Mais alors que les dragons répondaient toujours présent pour aider les hommes, c'est eux qui avaient eu besoin d'aide. Et ce jour-là, personne ne répondit à l'appel. Les dragons ont alors perdu confiance dans les hommes et ne vinrent plus jamais les secourir. Durant des siècles, ils ne donnèrent plus aucun signe de vie, la légende racontant même qu'ils auraient tous disparu… Tous, sauf un : Salvator, le roi de son espèce. On prétend qu'il vit caché dans la montagne. Personne n'a jamais osé y pénétrer, et puis… pourquoi répondrait-il ? Et à qui ?

Ava ne voit pas où ses trois visiteurs veulent en venir. Ils deviennent alors plus explicites. La prophétie raconte qu'une jeune fille aux pouvoirs extraordinaires aurait le don de recréer l'alliance entre humains et dragons. Et cette jeune fille, c'est elle, Ava…

Mais sans même qu'elle ait le temps d'intégrer l'information, on se met à crier à l'extérieur : « ALERTE ! ALERTE ! ILS NOUS ATTAQUENT ! »

Ava sort alors de la maison et se dirige vers l'endroit d'où proviennent ces cris. Elle est surprise de se sentir vaillante et sûre d'elle. « Mais qu'est-ce que je peux faire ? Je ne sais même pas me battre… », songe-t-elle.

Mais alors qu'une flèche se dirige vers elle, dans un réflexe presque surhumain, Ava sort son sabre et tranche le projectile en deux. « Comment ai-je fait ça ? »

Une demande de renfort au portail pour protéger le village se fait entendre. Ava court aussi vite qu'elle peut. Arrivant au milieu des soldats, elle se transforme sans même s'en rendre compte en chef de guerre. Tous la suivent comme si les dieux l'avait élue. À coups de sabre et faisant preuve d'un grand courage, elle repousse les assaillants. À l'horizon, elle l'aperçoit, lui, le roi Languorem. Il suffit d'un coup d'œil aux deux ennemis pour qu'ils comprennent que tôt ou tard ils s'affronteront.

Le combat dure encore plusieurs heures, mais Ava et le village en sortent vainqueurs, l'ennemi recule et c'est une première victoire. Mais la guerre est loin d'être finie.

Alors que le calme est revenu, on panse les blessés et on se regroupe. Le village salue Ava et la traite comme une héroïne. Elle se sent alors pleinement investie dans sa mission. Elle ira chercher Salvator dans les montagnes pour le convaincre de venir les aider.

Ava rentre dans sa maison et se pose devant la cheminée avec toujours cette sensation étrange de connaître cet endroit sans jamais y être venue.

Demain sera une journée éprouvante. Elle va devoir gravir la montagne, affronter la neige, le vent et la glace pour trouver la clef de cette guerre... Elle va se coucher en tentant d'oublier sa peur.

Comme chaque matin le ciel est gris mais cela ne la décourage pas. Alors qu'elle s'apprête à quitter le village pour son long périple, Ava croise Mimi, qui lui donne des provisions pour la route. Celle-ci la serre contre elle. Elles n'échangent pas un mot mais les deux femmes se comprennent.

La montagne est inquiétante, massive et gigantesque. Cela lui prendra de longues heures pour atteindre le sommet où se trouve Salvator. En rejoignant la route, Ava traverse un autre village, dévasté, et dont il ne reste rien. Les larmes lui montent aux yeux devant tant d'horreur. Au milieu des cendres, elle trouve alors un bouclier, un bouclier noir : celui de l'ennemi. Cette colère qu'elle ressent est un véritable moteur pour Ava qui se fait la promesse de terrasser Languorem.

Le vent commence à fouetter son visage tandis que la neige se met à tomber. Cette montagne est abrupte, terrifiante, et plus Ava progresse dans son ascension, plus la tâche lui semble difficile. « Cette quête me coûtera sûrement la vie », se dit-elle, mais qu'importe, sauver le village est la seule chose qui compte.

Il n'y a pas âme qui vive sur cette montagne, et le chemin qu'emprunte Ava n'a pas été utilisé depuis des siècles. Que va-t-elle trouver ? Comment va l'accueillir Salvator ?

Après des heures et des heures de marche, Ava aperçoit l'entrée d'une caverne. La peur au ventre, elle relève la tête pour se donner du courage et pénètre dans l'antre. L'endroit est sombre et inquiétant. Alors qu'elle s'enfonce dans les ténèbres, l'atmosphère se réchauffe tout à coup. Elle ne sait pas si elle doit s'en réjouir ou s'inquiéter, mais la chaleur est agréable. Elle continue à progresser puis se fige d'un coup au son d'une voix qui retentit dans la caverne.

– Qui que vous soyez, partez ! Vous n'êtes pas le bienvenu ici !

Cette voix, si grave et envoûtante, rassure étrangement Ava, qui cherche d'où le son peut provenir. Elle passe un petit corridor et d'un seul coup s'arrête. Devant elle apparaît une immense salle, incroyable et majestueuse, remplie de pierres précieuses et d'un point d'eau sûrement sacrée vu sa couleur et sa pureté. C'est alors qu'elle le distingue, lui, Salvator. Un dragon encore plus beau qu'elle ne l'imaginait. Il porte une armure d'or et des bracelets sertis d'émeraudes sur les pattes avant. Il s'approche doucement d'elle :

– Qui es-tu, jeune fille ? Où as-tu trouvé cette armure ?

Ava s'avance en essayant de ne pas bafouiller car elle veut faire bonne impression :

– Bonjour Salvator… Heu… Je m'appelle Ava et je suis… je cherche… enfin… Cette armure, je ne sais pas, je la portais déjà sur moi quand je suis arrivée dans ce monde.

Le dragon s'avance vers la jeune fille et il se met à la renifler. Ava tente de ne pas montrer qu'elle est effrayée.

– Je connais ton odeur, lui dit-il. Cela fait longtemps que je t'attends.

Salvator pose alors sa patte sur l'épaule d'Ava. Il lui raconte sa déception vis-à-vis des hommes ainsi que sa solitude. Il lui révèle que les siens se sont peu à peu éteints, mais que lui est éternel. C'est le don que reçoit le roi des dragons. Condamné à une vie solitaire, il a passé des siècles à attendre une jeune femme qui viendrait le libérer de son éternité. C'est la prophétie qu'on lui avait annoncée le jour où les hommes l'avaient abandonné. Un vieux sage s'était présenté à lui et lui avait donné cet espoir : une jeune femme portant une armure de dragon viendrait lui demander de l'aide. À lui de faire son choix, mais de cette décision viendrait son salut.

Se sont-ils enfin trouvés après s'être cherchés si longtemps ? Salvator accepte d'aider Ava à sauver le village des griffes de l'oppresseur. Mais en contrepartie, elle doit l'aider à trouver son éternité hors de sa grotte, là où il sera libre. Elle sait qu'une seule personne est en mesure de l'aider à remplir cette mission : le sage qui l'a envoyée, ici, dans ce monde si étrange et pourtant si familier...

Les deux héros quittent la grotte et se retrouvent dans la montagne. Une tempête fait rage, le vent est si fort qu'Ava n'arrive pas à avancer. Salvator la fait alors monter sur son dos. Voler serait trop risqué avec cette tempête, mais même sans cela il protège la jeune fille. Le dragon est heureux de se sentir proche d'elle. Le brouillard commence à se dissiper, permettant la discussion.

Ava raconte à Salvator la maladie de son père, sa tristesse et la peur de le perdre. Et lui parle du pacte conclu avec le sage. Si elle remplit sa mission, son père sera sauvé, elle le sait. Salvator lui conte sa vie, ses combats mais également ses motifs de fierté. Il lui parle notamment de sa fille, une jeune dragonne courageuse, plus vaillante que toutes les autres. Ava lui demande où elle se trouve mais Salvator ne répond pas.

Alors qu'ils entament la descente vers le village, une vue plongeante sur l'endroit même où avait atterri Ava les confronte à une vision terrible : le village est attaqué ! L'armée n'a jamais été si conséquente. Les villageois sont complètement submergés. Ava hurle de peur. Tandis qu'elle accourt pour les aider, Salvator la saisit et la dépose sur son dos, déploie ses ailes et se met à voler en direction de la bataille.

Une fois l'ennemi à sa portée, Salvator crache des flammes puissantes qui l'atteignent et provoquent de nombreux dégâts. Il reste un moment en vol, passant au-dessus de l'armée de Languorem. Ava cherche du regard le Mage noir. Elle va l'affronter aujourd'hui et sait que l'un d'entre eux va y laisser la vie.

Salvator poursuit ses attaques et dépose Ava au sol, qui rejoint les rangs des villageois. Elle se bat sans relâche, maniant son sabre à la perfection. Mais l'armée du roi est trop puissante et ses soldats sont trop nombreux.

Alors qu'elle s'aperçoit que Jean est en mauvaise posture, Ava réalise que la bataille est en train de tourner en faveur de l'ennemi. La perspective de sa victoire est insoutenable, et la peur de perdre son père trop forte. C'est alors qu'Ava sent le sol trembler : Salvator a atterri et fait face

au roi Languorem. Elle assiste alors à un combat acharné, simple témoin du duel le plus redoutable que l'histoire ait connu. Elle souhaite aider Salvator mais il est trop loin.

Ava court dans la direction des deux combattants, frappant de son sabre les ennemis sur son passage. Mais alors qu'elle est sur le point de les rejoindre, son sang se glace. Le roi vient de toucher Salvator en plein cœur ! Elle crie d'effroi et, sentant la rage monter, elle tombe à genoux. À ce moment, Ava ne comprend pas ce qui lui arrive : elle écarte les bras et une énorme onde de choc jaillit de son corps, une sorte d'explosion invisible jetant au sol tous ses ennemis.

D'un seul coup, c'est le silence.

L'armée disparaît dans un souffle et se transforme en une pluie de poussière scintillante. Le roi lui-même est anéanti, détruit par le pouvoir d'Ava. Elle court alors vers Salvator. Celui-ci est en train de s'affaiblir, des larmes d'or coulent de ses yeux. Mais le dragon sourit, comme soulagé. Il saisit la main de la jeune guerrière de sa patte et la remercie.

– NE ME LAISSE PAS ! hurle-t-elle.

– Au contraire, je te rejoins...

Alors que Salvator ferme les yeux, Ava se blottit contre lui, les larmes coulant sur ses joues. Puis un souffle de vent transforme le dragon en une poussière d'or. Ava est triste, anéantie. Elle se lève et observe le village, intact, et réalise alors qu'il est sauvé. Comment a-t-elle eu ce pouvoir ? Comment a-t-elle fait ? Gil se dirige vers elle et la ramène au village.

Après une nuit de sommeil, Ava se lève et sort de la petite maison, les larmes d'or de Salvator dans sa main. Gil, Mimi et Jean se rapprochent d'elle et la remercient. Ils ont toujours cru en elle et savaient qu'elle les sauverait. Gil remet alors un collier à Ava, un collier qui s'ouvre pour accueillir des souvenirs. Elle découvre ainsi une gravure de dragon sur la partie gauche et l'inscription « Esprit » sur la partie droite. Elle se retourne vers Gil et lui demande le sens de ce mot. Le maire lui répond simplement que c'est le nom du village. Comment n'avait-elle même pas pensé à demander le nom du lieu qu'elle venait sauver ?

Ava sourit, comprenant le vrai sens de son voyage... Elle demande à Mimi ce qu'il va advenir du village. « La paix, s'entend-elle répondre. Le monde est dévasté, mais Esprit, lui, restera inviolé et vivra éternellement. »

Tous les villageois viennent remercier Ava et l'escortent jusqu'à l'entrée d'Esprit. Jean indique à Ava qu'il lui faut retourner à l'endroit même par lequel elle est arrivée. Elle y trouvera sûrement le moyen de rentrer chez elle.

Ava a de la peine, ne pensant qu'à Salvator. Mais voir le village en paix est le plus beau cadeau que l'on pouvait lui faire.

La voilà qui entame son ascension, anxieuse de quitter cet endroit, ne sachant que trop ce que cela signifiait de se dire au revoir.

Arrivée à l'emplacement recherché, elle n'est pas surprise d'y voir le sage qui l'avait menée ici. Celui-ci lui sourit et la félicite.

– Tu l'as sauvé, lui dit-il.

– Ce n'est pas ce que j'avais imaginé, je l'ai perdu...

– Non, tu l'as rendu éternel. Tu as sauvé ce qui devait être impérativement sauvé. Il est libre à présent. Es-tu prête à rentrer ?

Ava acquiesce et le sage touche alors le front de la jeune femme. Celle-ci ferme les yeux mais entrevoit un imposant flash blanc.

Quand elle ouvre de nouveau les yeux, elle est dans la chambre d'hôpital avec son père, son livre entre les mains. La télévision diffuse un documentaire sur l'Himalaya. Ava se lève et s'approche de son père. Tandis qu'elle lui saisit la main, elle chuchote : « Je l'ai fait, papa, je t'ai sauvé. » À ces mots, une larme d'or coule des yeux de son père endormi puis son cœur cesse doucement de battre.

Ava reste un moment auprès de lui. Soudain, un éclair lumineux apparaît dans le ciel. Se dirigeant vers la fenêtre, Ava est émerveillée. Une forme énorme passe devant la fenêtre. Elle connaît cette créature, c'est Salvator qui, majestueux, s'envole dans le ciel en route vers son éternité, comme il le souhaitait. Elle sourit alors, elle aussi désormais en paix.

HOSPITALIER

Racines

Rosie vit dans un immense appartement, grandiose, lumineux et spacieux. Elle est fière de cet environnement qu'elle a construit seule, à la force de ses bras. Partie de rien, Rosie avait lancé une entreprise qui l'avait rendue très riche, mais également très seule.

Son quotidien était rythmé par des réunions, des appels en tout genre et des employés à gérer. Elle avait très peu de temps pour elle, mais ce n'était pas grave. « Je n'en ai pas besoin », se disait-elle.

Ce matin-là, Rosie ouvrit le journal. Mauvaise surprise : un article accusateur contre son entreprise, jugée polluante et dangereuse pour la planète. Elle survola l'article sans trop se sentir concernée. Les attaques, elle y était habituée. Mais qu'importe, cela ne la touchait pas. Trop fière et trop satisfaite de son petit confort, elle se disait que d'autres en faisaient suffisamment pour qu'elle n'ait pas à s'inquiéter plus que ça.

La sonnerie retentit, un livreur se présentait à la porte pour lui remettre un colis. Elle signa le reçu et referma derrière elle. En ouvrant le paquet elle découvrit des fleurs. Beurk ! Elle jeta immédiatement le bouquet. Rosie détestait les fleurs, elle en avait horreur ! Les arbres, la nature en général la révulsait.

Quand elle était petite, ses parents étaient agriculteurs et vivaient dans une maison de campagne. Elle était née les mains dans la terre mais avait toujours détesté ça. Elle haïssait tout ce qui pouvait lui rappeler son enfance. Mais malheureusement, aujourd'hui elle ne pourrait éviter d'y être confrontée. Ses parents partis, elle récupérait tous leurs biens. Tout, mais surtout la maison puisque c'est ce qu'ils avaient de plus précieux.

Elle avait repoussé ce jour durant des mois, mais le notaire l'avait sermonnée : elle devait retourner dans la maison pour trier les effets personnels de ses parents pour qu'elle soit vendue.

Dans sa voiture de sport, Rosie fonçait à vive allure sur le périphérique parisien, zigzaguant entre les voitures. En sortant de Paris, son environnement changeait déjà de visage, la banlieue lui ouvrait les bras avec sa multiplicité de paysages. Puis, en la quittant, c'était encore un nouvel univers. Plus vert, plus épuré. Tout ce que Rosie détestait.

Au bout de deux heures de route, elle arriva à destination. Elle fit une pause avant d'entrer dans la maison. Il y avait de la brume qui dansait au-dessus du sol, l'air était frais et humide. Et l'odeur... l'odeur de campagne qui ferait rêver n'importe qui. Mais pour Rosie c'était l'enfer.

Elle sortit la clef de son sac et pénétra dans la maison. Rien n'avait changé depuis la dernière fois qu'elle y était venue, voilà plus de quinze ans. Elle parcourut cette maison remplie de souvenirs. La décoration était restée simple, voire rustique. Sur les étagères, des photos. Rosie découvrit que ses parents avaient de leur vivant gardé toutes les coupures de journaux parlant de leur fille. Des photos officielles aussi, et soudain c'en fut trop pour Rosie, qui se mit à étouffer dans ce trop-plein de souvenirs tristes.

Elle sortit prendre l'air. Là, elle vit quelque chose de nouveau, quelque chose qui n'était pas présent quand elle vivait ici enfant. De grosses cheminées d'usines qui obstruaient la vue, si paisible normalement. Pour la première fois, Rosie fut dérangée par cette industrialisation qui venait perturber son environnement - un environnement qu'elle croyait détester. Reprenant son souffle elle retourna dans la maison et se mit à trier les affaires de sa famille. La mélancolie l'envahit. Trop de boulot... Elle

décida de dormir dans un hôtel non loin d'ici. Passer la nuit sur place serait trop pour elle.

Au petit matin, Rosie se réveilla au son de son téléphone qui vibrait de manière incessante. Elle répondit. C'était son assistant qui l'alertait de menaces pesant sur son entreprise. Il lui indiqua qu'il était sûrement temps de commencer à changer de direction et surtout de s'adapter à l'air du temps. Et plus particulièrement de penser au moyen de mieux respecter l'environnement. Mais Rosie avait un autre problème, alors elle raccrocha précipitamment.

Elle se leva et entra dans la salle de bains. Son dos la grattait; elle sentait quelque chose d'anormal, quelque chose qui n'était pas là avant. En regardant dans le miroir, elle découvrit que la peau recouvrant l'une de ses omoplates avait changé d'aspect: celle-ci était dure et craquelée. Son regard s'arrêta sur sa jambe droite, sur laquelle elle constata quelque chose d'invraisemblable. Une feuille poussait sur sa peau. Comment était-ce possible? Elle l'arracha d'un coup sec. Et au moment même où la feuille ne faisait plus partie du corps de Rosie, elle devint jaune et mourut, comme une feuille d'automne.

Perturbée par ce qu'elle venait de vivre, elle tenta de l'oublier pour se consacrer à sa mission du jour: trier la maison de son enfance. Alors qu'elle continuait de tout retourner, elle commença à ressentir de la peine, un manque, du regret... Pourquoi avait-elle tourné le dos à ses parents? Ils n'avaient jamais rien fait de mal...

C'est vrai qu'ils s'étaient disputés à cause de l'ambition de leur fille, qui était à l'opposé des valeurs qu'ils lui avaient enseignées. Elle n'avait pas apprécié la critique et les avait rejetés, jusqu'à ne plus jamais leur parler.

Alors qu'elle poursuivait son tri, son corps ne faisait que la gratter, et elle découvrit alors avec effroi que d'autres feuilles poussaient sur son corps. La panique l'envahit et, tandis qu'elle les arrachait, Rosie constatait que d'autres poussaient à leur place.

Pendant plusieurs jours, elle passa son temps à voir son corps se transformer sans comprendre. Des fleurs poussaient dans ses cheveux, la peau de son dos ressemblait étrangement à de l'écorce d'arbre.

Une fois son tri fini, elle décida de rentrer chez elle, dans son grand appartement parisien. Une fois sur place, un drôle de sentiment l'envahit : la solitude. Elle était la proie des regrets, du temps perdu qu'elle ne rattraperait jamais. Une larme coula alors sur sa joue, elle en avait même oublié le bien que cela faisait. C'était tellement loin, la dernière fois où ça lui était arrivé…

Des jours durant, Rosie se posa des tonnes de questions. Elle repassa ses choix et sa vie dans sa tête en se demandant si tout cela avait été bon pour elle, mais aussi pour les autres. Son égoïsme l'avait-il poussée à empiéter sur leur vie sans leur accord ? Avait-elle abandonné ses valeurs ? Et surtout : avait-elle renié ce qu'elle était au fond d'elle-même, une enfant de la terre ?

Son assistant l'appela alors, lui indiquant que la société se portait mal, mais Rosie l'interrompit. Elle lui demanda à qui appartenait l'usine construite en face de la maison de ses parents. Le jeune homme fit une rapide recherche. Les cheminées perturbant le souvenir de son enfance étaient les siennes. C'était son entreprise, établie en face de là où tout avait commencé pour Rosie. Elle raccrocha subitement.

Se dirigeant vers la salle de bains et s'observant dans le miroir, elle constata que son corps serait bientôt complètement recouvert de feuilles, d'écorce et de fleurs. Rosie se transformait. Mais elle se sentait bien. Elle n'arracha pas les feuilles ni les fleurs qui poussaient sur elle. Au lieu de cela, Rosie s'habilla et quitta son appartement. Direction ses souvenirs.

Une fois arrivée à destination, elle s'assit devant la maison et respira pour la première fois cette nature qui lui avait tant manqué sans qu'elle le sache.

Rosie composa un numéro sur son téléphone tandis que les feuilles devenaient d'un coup plus nombreuses sur ses bras et que ses pieds commençaient à s'enfoncer dans le sol.

Elle prit alors une grande décision, la décision qui allait bouleverser de nouveau sa vie. Elle demanda à son assistant d'accepter de traiter avec ses opposants écologistes pour changer ses façons de travailler, mais surtout elle lui ordonna de fermer l'usine en face de sa maison. Elle lui dit aussi qu'elle allait disparaître un moment, qu'elle lui confiait l'entreprise et qu'elle savait qu'il ferait les bons choix, lui qui avait toujours voulu changer le monde. Rosie raccrocha sans plus d'explications.

Elle se leva alors et tenta de soulever un pied puis l'autre, ses pieds qui s'étaient enracinés. Elle se dirigea tant bien que mal vers les deux chênes au fond du jardin, ceux que ses parents avaient plantés à sa naissance. Elle se positionna entre les deux et laissa ses jambes prendre racine. Petit à petit, c'est tout son corps qui s'imbriqua dans le sol. Solide comme elle ne l'avait jamais été, Rosie se laissa envahir par la nature et devint peu à peu ce qu'elle avait toujours été... une enfant de la terre.

Nous finissons toujours par redevenir ce que nous étions enfants, lorsque nous étions simples et purs et que rien ne nous avait encore changés et pervertis. Les racines sont les fondements les plus solides, elles sont immuables.

Des mois plus tard, plus personne n'avait de nouvelles de la jeune présidente, mais son entreprise était devenue le numéro 1 du recyclage. Les promesses furent tenues et les usines démantelées. Et cela sans que le monde sache que Rosie avait été témoin de tout. Elle vivait dans l'air, dans la terre. Rosie était le plus bel arbre du jardin et ses fleurs ne mourraient jamais.

Le pays des chaussettes perdues

Hyppolite est en plein rêve et c'est toujours le même. Ils sont, Wilhelm son binôme et lui, aux pieds de Nora, leur maîtresse. Ensemble, ils se glissent dans une paire de bottes fourrées et partent à l'aventure. Tous les trois courent dans la neige. C'est un sentiment si agréable, cette fraîcheur mêlée à la chaleur. Tout est blanc, lumineux...

Chaque fois qu'Hyppolite se réveille au fin fond de son tiroir, il raconte toujours son rêve à Wilhelm. Lui ne se souvient jamais des siens mais ce n'est pas grave, il vit dans ceux de son binôme. Ils sont ensemble depuis toujours, se souviennent encore de l'usine où ils ont été fabriqués. C'était un grand hangar, rempli de machines à coudre. Le souvenir du bruit qu'elles faisaient est encore très présent. Une fois la paire confectionnée, on les avait attachés ensemble. Et ce fut le début de l'histoire. On les avait appariés puisqu'ils étaient similaires : couleur orange avec des empiècements bleus sur le talon et les orteils. Un petit éléphant sur la cheville, le logo des créateurs, et voilà le produit final. *Tchack* ! L'étiquette accrochée, ils étaient liés pour l'éternité.

Ensuite direction le carton qui les acheminerait jusque dans la boutique. Wil et Hyppo sont surexcités dans le camion. Ils tentent de parler à leurs voisins mais chacun est décidé avant tout à tout connaître de son binôme pour devenir les meilleurs amis du monde.

Bim, bam... Les chaussettes sont bringuebalées de droite à gauche dans leur carton mais rien ne peut entamer la joie des paires qui vont découvrir la boutique où leurs futurs propriétaires viendront les acheter.

Arrivées à destination, une petite musique douce se fait entendre et, une fois entreposées dans leur rayon par tailles, les chaussettes épuisées par le voyage finissent par s'endormir alors que la boutique ferme pour la nuit.

De son côté, Nora avait l'intention de faire du shopping. Venue à l'origine pour acheter une écharpe, elle n'a pas pu résister à cette paire de petites chaussettes douces, chaudes et colorées. Et c'est ainsi qu'Hyppo et Wil ont démarré leur nouvelle vie.

Depuis ce jour, la routine est simple : Nora les sort du tiroir, les enfile et parcourt la ville pour son travail. Le soir, elle les enlève et les met dans le puits qui pue, là où se trouvent tous les autres vêtements que Nora a portés dans la journée. Tout le monde s'y retrouve et chacun raconte ce qu'il a vécu.

Puis le samedi (jamais un autre jour), Nora récupère le panier. C'est alors l'heure du parc d'attractions. Tout le monde est impatient, le moment de la machine à savon qui bulle est arrivé ! Hyppo l'adore, cette machine. On entre par le hublot, puis *pouf* ! Dedans, c'est la piscine à vagues, puis des bulles, puis de nouveau des vagues, puis encore des bulles, puis c'est le tournis qui fait vomir. Chaque fois, c'est toute l'armoire sale de Nora qui s'éclate dans la machine à bulles.

Ensuite vient ce que Wilhelm préfère, à savoir le moment où Nora sort tout le monde et les dépose tous sur des fils pour qu'ils sèchent. Il adore sentir l'odeur du liquide qui sent bon. Une fois sec, tout le monde rentre dans sa chambre, jusqu'à ce que Nora ait besoin d'eux.

Mais le mardi suivant, alors que Nora enfile Wilhelm comme toujours, juste après Hyppo, un « crac ! » retentit. Qu'est-ce que ce bruit ? Hyppo est horrifié quand il voit son binôme crier de douleur, mais Nora n'entend

pas. Elle se contente d'enlever Wil et enfile une autre chaussette. Elle jette Wil par terre et s'en va avec Hyppo qui ne peut réagir, figé par la vision de son frère au sol. Seb, l'autre chaussette, lui adresse un regard et dit :

– Arf ! Je suis passé par là petit, tu t'en remettras. Il est l'heure pour lui de retrouver le pays des chaussettes perdues.

Hyppo avait entendu parler de cet endroit mais refusait de s'avouer vaincu, convaincu que tout irait bien pour son frère. Il passe la journée au pied de Nora, surveillant l'heure, impatient de rentrer.

Une fois de retour à la maison, au moment de rejoindre le puits qui pue, Hyppo crie le nom de son frère pour le retrouver. Mais personne ne lui répond. Les autres vêtements tentent de l'aider et appellent Wil à leur tour, sans plus de succès.

Quand Nora range ses vêtements propres, elle réunit ses chaussettes par paires. Lorsqu'elle arrive à Hyppolite, elle soupire : aucune chaussette ne peut s'assortir avec lui. Elle dépose Hyppo au fond d'un tiroir.

Après être resté dans le noir tout seul quelque temps, Hyppolite décide de ne pas se laisser abattre. Il retrouvera son jumeau et ils retourneront aux pieds de Nora ensemble dans les bottes fourrées !

Son petit sac à dos rempli de vivres contient aussi une aiguille et du fil au cas où il se ferait un bobo et surtout l'étiquette de Wil qu'il avait gardée. Il appelle ensuite Seb pour lui proposer de l'accompagner.

– Où comptes-tu aller ? lui demande Seb.

– Je vais retrouver mon jumeau au pays des chaussettes perdues !

C'est un long trajet que les deux amis font ensemble. Terriblement fatigant, mais à deux on est toujours plus fort ! Et l'espoir de retrouver leurs pairs est suffisant pour les empêcher d'abandonner.

Le pays des chaussettes n'est plus très loin. C'est Seb qui a confectionné la carte. C'est un vieux de la vieille, son binôme a disparu il y a bien trois ans de cela et entre-temps il a bourlingué. À force de mener l'enquête, il a réussi à obtenir les coordonnées GPS du pays des chaussettes. Encore un jour de marche et ils seront arrivés.

Encore 100 mètres... Ils sont tout près, 50 mètres, 30 mètres. Enfin, devant un énorme portail doré, un petit bouton se présente à leur hauteur. Seb appuie dessus et une voix se fait alors entendre depuis un haut-parleur :

– Oui, c'est pour quoi ?

– Nous venons retrouver nos jumeaux.

Bip ! La porte s'ouvre.

Quelle merveille ! Sous leurs yeux, ce sont des milliers et des milliers de chaussettes uniques qui se baladent et boivent des cafés en terrasse. Personne ne se ressemble mais tout le monde s'assemble, c'est incroyable à voir.

Au coin d'une rue, les deux amis découvrent le « bureau des recherches ». Dans la vitrine, de très nombreuses petites annonces de jumeaux cherchant leur autre jumeau. Les deux amis, remplis d'espoir, regardent attentivement si l'une ou l'autre concerne leurs binômes mais sans succès. Ils entrent alors dans le bureau pour déposer leur annonce.

Tous les jours, Seb et Hyppo viennent jeter un œil pour voir les nouvelles annonces, mais plus les jours passent, plus ils désespèrent. Ils décident alors de visiter la ville. Que de couleurs ! Que de merveilles ! Ils s'arrêtent chez le glacier pour déguster un cornet puis vont se promener dans le parc du Dé à coudre où de vieilles chaussettes jouent aux échecs. Ensuite, ils font un détour au kiosque de la place du marché pour lire les nouvelles. Et là, c'est le choc : le vendeur de journaux est le sosie de Seb... Mais... Non, ce n'est pas son sosie, pas du tout même, c'est lui, c'est Gaëtan ! Les deux frères s'enlacent, c'est incroyable, ils se sont retrouvés ! L'espoir renaît pour Hyppolite : Wilhelm est forcément quelque part ici !

Gaëtan les invite dans sa petite maison. Il souhaite leur présenter sa famille. Sa famille ? Seb n'en croit pas ses yeux, son frère est marié et fait la paire... C'est alors que Gaëtan leur parle du concept de dépareillé, dont Seb et Hyppo n'ont jamais entendu parler.

– Nous ne sommes pas obligés de nous ressembler pour nous rassembler. Bien au contraire, je trouve ça magnifique d'être différents. Notre

UREAU DES RECHERCHES
BUREAU DES RECHERCHES

paire est composée désormais du double de couleurs, du double de douceur et de matériaux différents. Nous nous complétons parfaitement.

En entendant cela, tout paraissait évident. C'est ça ! Nous ne sommes pas obligés de rester collés l'un à l'autre toute notre vie ! Nous avons le droit de nous faire des amis et de constituer une paire avec eux. Riches de ces paroles, Seb et Hyppo s'endorment avec la ferme attention de trouver leurs paires à eux.

Le lendemain, les deux amis quittent Gaëtan en lui promettant de revenir le voir. Après avoir vagabondé dans la ville, ils se demandent comment créer leurs nouveaux binômes. Ils cherchent si longtemps qu'ils se découragent. C'est alors que Pinky, une chaussette rose abîmée, s'arrête devant eux et leur dit :

– J'ai rarement vu une association si fantastique ! Vous faites bien la paire.

Mais oui, c'est évident ! Comment n'y ont-ils pas pensé avant ? Ils sont faits pour faire la paire !

Hyppo et Seb demandent alors à Pinky qui était son binôme. Elle leur répond qu'elle a toujours été unique, mais qu'elle n'a rien contre le fait d'avoir des compagnons de voyage.

Seb et Hyppo sont d'accord pour dire que la maison leur manque et décident de rentrer chez Nora. Pinky décide de les suivre. Ça ne devrait pas être si mal chez ses deux nouveaux amis... Tous trois passent dire au revoir à Gaëtan et Hyppo lui demande de garder un œil ouvert. Peut-être retrouvera-t-il Wil ?

Les trois amis arrivent quelques jours plus tard chez Nora, épuisés et en pleine nuit. Ils entrent discrètement et rejoignent leur tiroir.

Surprise ! Hyppo découvre Wil, assis tout seul et triste au fond du tiroir. C'est lui mais... il est différent : au lieu de son empiècement bleu sur le talon, un bout de tissu jaune couvre ce qui semble être un trou. À la vue de son binôme, Wil s'illumine et Hyppo l'enlace. Mais son regard s'émerveille encore plus en découvrant Pinky, qui n'est pas indifférente à toute cette joie des retrouvailles.

C'est alors que Seb et Hyppo s'assemblent d'un côté et Pinky et Wil font de même de l'autre. Au réveil, Nora saisit l'une des deux paires, l'observe, sourit et l'enfile pour vivre une nouvelle journée.

Isilor

La lumière du soleil met 8 minutes et 20 secondes pour apparaître sur l'île d'Isilor et le même temps à disparaître lorsque le soleil se couche.

8 minutes et 20 secondes, c'est si court et pourtant si déterminant.

8 minutes et 20 secondes et tout peut basculer.

Des siècles durant, les elfes diurnes appelés Delfs ont affronté les elfes de nuit surnommés les Nelfs dans des combats acharnés, les uns n'ayant qu'un seul but : détruire les autres et rompre la malédiction dont les deux peuples sont victimes.

Autrefois, tous vivaient en harmonie.

Le dieu du soleil et la déesse de la lune, amants, s'aimaient d'un amour passionné et la terre d'Isilor profitait de cette énergie créatrice. Mais un jour, le dieu soleil, imbu de lui-même, trahit la déesse. Noyée dans son chagrin, la lune ne pouvait supporter sa douleur, sa lumière n'étant que le reflet de celui qui lui avait brisé le cœur. Elle perdit confiance en elle et jeta alors une malédiction sur le peuple du soleil. « Vous ne verrez plus le clair de lune, vous n'aurez plus le droit de me contempler », dit-elle.

Chaque fois qu'elle apparaissait, les Delfs se transformaient en pierre de lune. Quand le soleil s'en rendit compte, il jeta le même sort aux Nelfs, réduits à n'être plus que du granit en journée. Depuis, les enfants des dieux sont témoins et victimes de cette séparation.

De là est née une haine dressant les deux peuples l'un contre l'autre, l'un vivant le jour, l'autre la nuit. Nuit contre jour, lumière contre obscurité. Lune et soleil comme sauveur et bourreau.

Alors, pendant 8 minutes et 20 secondes, les peuples s'affrontent, à l'aube puis au crépuscule en espérant la paix pour les leurs et la délivrance pour tous.

Princesse des elfes de nuit, Riva est la digne héritière du peuple de la lune, son père, Marcussio, le roi, un chef de guerre sans pitié. Il mène chaque bataille comme si c'était la dernière. La mère de Riva, la reine Semita, était, quant à elle, une reine guerrière, la plus redoutable de toutes, tuée lors de l'une des batailles les plus sanglantes qu'Isilor ait connues. C'est aussi lors de cet affrontement que Milena, la reine des elfes de jour, succomba. Les deux souveraines s'étaient affrontées dans un combat acharné et y perdirent la vie.

Désormais tenue d'apprendre à défendre son peuple, Riva en oublia la joie et l'amour. À force de sang et de larmes, son cœur, lui, était devenu pierre, même la nuit. Une seule chose existait pour Riva : le devoir.

Ainsi formée à combattre, à tuer pour le salut de son peuple, équipée de son armure d'argent et de son épée, Riva doit désormais libérer son peuple, quoi qu'il en coûte. Et chaque fois que son corps se libère de la pierre, sa main ne tremble pas, reprenant ce combat acharné là où elle l'avait laissé.

Lors des dernières batailles, les Delfs avaient pris l'avantage, mais il était hors de question pour Riva de se laisser impressionner. Elle allait rétablir l'équilibre et gagner les prochaines batailles. Et ce jour-là, à l'aube, Riva se bat, se bat et se bat encore. Elle avance et progresse sans l'ombre d'un doute. Défiant l'ennemi sans trembler. Mais bientôt la voilà aux prises avec un adversaire plus coriace que les autres. Redoutable combattant, il pare tous les coups de la princesse. Elle ne l'a jamais affronté auparavant, sans quoi elle se serait souvenue de ce guerrier portant un casque

lui recouvrant tout le visage. Ils s'affrontent sans merci. Lorsque le soleil se met à briller et que Riva se transforme en pierre, leur duel prend fin.

Quand Athrad enlève son casque, il prend le temps d'observer sa rivale. Il ne l'avait pas reconnue tout de suite, mais en s'approchant, il reconnaît Riva, la princesse de la nuit. Il avait jusque-là seulement vu des gravures de la jeune femme. Elle est encore plus belle qu'il ne l'imaginait, mais cette appréciation favorable n'est pas la bienvenue pour le jeune homme conditionné à la détester. Un mélange de haine et d'admiration s'empare cependant de lui. C'est la meilleure guerrière qu'il ait affrontée. Il ne peut s'empêcher de penser à sa mère, son exemple, décédée des années plus tôt en combattant la reine du peuple ennemi.

Le prince détestait la guerre, mais tout comme Riva, il était tributaire de son titre et de ce qu'il signifiait pour le peuple. Son père, le roi Drevos, était un être narcissique et égoïste, qui refusait de prendre part aux batailles, préférant envoyer son peuple se battre à sa place. Athrad avait plusieurs fois proposé à son père d'instaurer la paix entre les peuples. Pour lui, les Delfs et les Nelfs pouvaient cohabiter. C'était toutefois hors de question pour le roi, c'eût été un aveu de faiblesse, or le roi soleil ne pouvait imaginer autre chose que la victoire pour son peuple.

Athrad ne se sentait pas proche de son père. Depuis la mort de son épouse, il n'était plus le même homme et le prince non plus. C'est sa mère, la reine Milena, qui lui avait tout appris et promis qu'il verrait la fin de cette guerre un jour. C'était également elle qui, la première, avait proposé une trêve et une cohabitation des deux peuples, chacun ses horaires, chacun son monde... Mais en réponse, le peuple de la nuit avait lancé la bataille la plus marquante de l'histoire d'Isilor. Ce fut la dernière fois que le petit Athrad vit sa mère.

Le prince rentre comme chaque jour au château, se préparant pour la bataille du crépuscule tout en ne pouvant s'empêcher de penser à Riva. Conditionnés à se détruire... Que va-t-il faire ?

Il passe la journée à imaginer toutes les issues possibles à ce combat, mais aucune ne lui convient. Puis la voix de son père résonne dans sa tête plus fortement que les autres : « C'est notre ennemi, elle ne peut survivre ! »

Alors que le jour tombe, Athrad se prépare au combat, omettant volontairement de porter son casque. Une fois sur le champ de bataille, il prend position face à Riva pour reprendre le combat où ils l'avaient interrompu.

Dès que le corps de Riva se remet en mouvement, le combat repart de plus belle. La princesse se bat sans même regarder son adversaire, presque mécaniquement, lorsqu'à la faveur d'un coup d'épée bloqué par Athrad, elle croise enfin son regard. Et malgré le contrôle constant qu'elle exerce sur elle-même, pendant une seconde, Riva perd pied. Elle ne comprend pas ce qui lui arrive. Elle parvient néanmoins à reprendre le dessus et le combat. Le prince et la princesse s'affrontent, mais ils le savent : quelque chose les empêche d'utiliser leur rage respective, quelque chose de plus fort.

8 minutes et 19 secondes viennent de s'écouler lorsque Athrad devient une statue de pierre. Mais juste avant de se pétrifier, il décide d'abaisser son épée comme s'il cherchait à adresser un message à Riva. Surprise, la princesse fait de même avec la sienne. Puis Athrad s'endort pour les douze prochaines heures.

Riva est déstabilisée. Était-ce bien le prince du royaume ennemi ? Oui, elle en est sûre. Comment a-t-elle pu ne jamais être confrontée à lui, le fils de celle qui lui a enlevé sa mère ? Et pourquoi ne l'a-t-elle pas tué ? Riva est en colère, en colère contre elle-même. Elle aurait pu en venir à bout : pourquoi s'est-elle retenue ? Et pourquoi a-t-il baissé son arme ?

C'est la première fois qu'elle pense à une personne autre que sa mère. Le prince Athrad n'est pas celui qu'elle imaginait et elle tente de chasser son visage de son esprit. Pas de place pour l'amour, pas de place pour la compassion. Elle n'en a pas le droit.

Toute la nuit, Riva s'entraîne au combat et s'épuise à la tâche pour ne plus penser. Athrad est partout. Le roi surgit alors, félicitant sa fille pour ses derniers combats. Il est fier d'elle et lui rappelle qu'elle ne doit pas faiblir. S'il tombe, c'est elle qui montera sur le trône.

L'aube arrive, Riva n'a pas le choix : elle doit se battre contre le prince et gagner. Alors qu'elle lui fait face, son regard ne peut se détacher de lui. Athrad se réveille et cependant ne lève pas son épée, une attitude que Riva ne comprend pas. Elle le menace pour le forcer à se battre mais celui-ci ne réagit pas. Elle le provoque encore mais il refuse de se mesurer à elle.

– Bats-toi ! le somme Riva.

– Non, répond simplement Athrad.

La princesse continue d'essayer de le faire réagir mais lui ne répond pas à ses provocations et persiste dans son refus de l'affronter. Riva baisse alors son épée et lui demande pourquoi. Mais avant même qu'il ne réponde, elle est transformée en pierre : les premiers rayons de soleil viennent d'apparaître.

Athrad a fait son choix. Ce qu'il ressent, il ne l'avait jamais éprouvé auparavant. Si Riva ne l'a pas tué, c'est qu'elle éprouve la même chose que lui. Pour la première fois de sa vie Athrad a un but, un objectif qui lui appartient, pas celui qu'on lui a imposé... Il va emmener la princesse loin de la bataille et parler avec elle.

Lorsqu'il expose ce projet à son père, celui-ci refuse d'en écouter davantage. S'amouracher de la princesse nelfe ? C'est hors de question. Ils sont nés pour se haïr et cela restera ainsi. Athrad prétend être d'accord et s'excuse d'avoir eu cette idée saugrenue. Il quitte le château et réfléchit à un plan pour convaincre Riva de s'extraire du champ de bataille et d'échanger avec lui.

Le corps de Riva se réveille ; Athrad sait qu'il n'a pas beaucoup de temps. Alors, au lieu d'essayer de la convaincre, il tente le tout pour le tout.

– Suis-moi ! lui dit-il.

Riva voit Athrad s'éloigner et, l'espace d'un instant, hésite. Pourtant elle le sent : elle doit le suivre. Alors, au milieu de ce champ de bataille où la mort règne, elle se coupe de la réalité. Plus rien n'existe. C'est d'accord, le temps leur est compté. Elle tourne le dos à la bataille et suit Athrad.

Elle court derrière lui à travers la forêt, ne sachant trop ce qu'elle fait ni pourquoi. C'est la première fois que Riva écoute son instinct. Tous deux finissent par s'arrêter dans une grotte, et au moment où Athrad se retourne vers elle et lui tend la main… Trop tard! Le prince s'est transformé en pierre… Riva reprend son souffle mais aussi ses esprits. Elle reste toute la nuit auprès d'Athrad, attendant que l'aube le délivre.

Lorsque celui-ci revient à la vie, les deux guerriers n'échangent pas un mot, il n'y en a pas besoin. Le prince saisit la main de la princesse. Riva n'a jamais connu un contact aussi familier, elle est effrayée mais se laisse faire. Athrad se rapproche un peu plus d'elle et l'embrasse. C'est la première fois de sa vie que Riva vit cela et elle sent que son cœur n'est plus en pierre.

8 minutes et 20 secondes c'est très court, trop court pour une vie qui est en train de basculer. Que faire? Comment vivre cet amour impossible? Comment aimer 16 minutes et 40 secondes par jour? Et comment le cacher à leurs peuples?

Comme la lune et le soleil, deux opposés indissociables, Athrad et Riva demeurent dans cette grotte, apprenant à se connaître du mieux qu'ils peuvent. Ils se racontent leurs batailles, leurs souffrances mais aussi se confient leurs espoirs. La volonté de paix pour l'un et la volonté de délivrance pour l'autre. La princesse et le prince le savent: ils n'ont pas le droit de s'aimer mais devront pourtant sortir de cette grotte à un moment et affronter leurs rois.

Ce jour finit par arriver. Le père de Riva la foudroie du regard dès son retour. Où était-elle passée? Et pour quoi faire? Le roi espérait que sa fille lui dirait la vérité, une vérité qu'il connaissait déjà, mais Riva refuse de parler. Déçu par celle-ci, il l'enferme dans l'un des donjons du château, l'assurant qu'elle n'en sortirait pas avant qu'il ait terrassé le prince de ses propres mains. Cette nuit-là, le cœur de Riva se brise; la guerre n'a plus d'importance. Si Athrad n'est plus là, plus rien ne compte. Et au fil de ces longues heures, Riva réalise ce qu'elle a toujours refusé d'admettre: elle n'a jamais voulu de cette guerre, jamais souhaité que l'un des peuples

terrasse l'autre, car cela signifierait qu'elle et son prince seraient séparés pour toujours. En effet, la malédiction est des plus simples : le vainqueur sera délivré du maléfice, mais à la seule condition qu'aucun ennemi ne soit épargné. Quoi qu'il arrive, il n'y aura donc pas d'issue heureuse pour la princesse : soit la guerre s'arrête et son amour n'y survivra pas, soit son père terrasse Athrad et c'est tout son monde qui s'effondrera.

Sur le chemin du retour, Athrad croise Ogarte, conseiller du roi mais aussi allié de toujours du prince. Il l'avertit que son père sait tout, qu'il ne doit pas rentrer au château et que selon la rumeur, la princesse serait retenue captive en mesure de rétorsion. N'écoutant que son cœur, Athrad décide d'aller libérer Riva.

Mais à sa grande surprise, lorsqu'il se présente au château où est enfermée la princesse, c'est pour y découvrir que Riva ne s'y trouve plus... Athrad craint alors le pire. Connaissant le roi et son tempérament impitoyable, il se demande si celui-ci n'aurait pas sacrifié sa fille au nom du salut de son peuple.

Riva avait refusé de céder au désespoir. Ce n'était pas une porte qui empêcherait cette princesse intelligente, de surcroît meilleure guerrière que les Nelfs aient connue, de s'échapper. Persuadée que son père traquait Athrad sans relâche, elle s'est enfuie en espérant retrouver son prince dans la grotte. Mais quand elle y arrive, personne ne s'y trouve. Son père a-t-il commis l'irréparable ?

Après s'être cherchés en tout lieu, c'est sur le champ de bataille que les deux amants se retrouvent enfin. Soulagés de voir l'autre en vie, ils laissent ostensiblement tomber leurs armes à la vue de tous. La trahison est inacceptable pour les deux rois, qui refusent d'envisager une descendance commune. Ils décident alors d'en finir une bonne fois pour toutes. Une bataille féroce et sanglante s'engage, conduisant les deux peuples à s'entretuer sous les yeux de Riva et d'Athrad.

Refusant d'être témoins du massacre, les deux amants s'enfuient pour se cacher de nouveau.

Au bout de quelques mois, le ventre de Riva s'est arrondi. La vie, symbole de paix entre les deux peuples, mais aussi prémice de danger. Ils restent ainsi à l'abri aussi longtemps qu'ils le peuvent jusqu'à ce qu'Ogarte les trouve pour leur signifier une bien triste nouvelle. Les deux peuples se sont pratiquement exterminés. La prochaine bataille sera décisive et il ne restera peut-être qu'eux d'eux. Ogarte espère que le prince et la princesse vont pouvoir convaincre leur père respectif de signer la paix.

Ne voulant abandonner leurs peuples, Athrad et Riva décident de se rendre sur le champ de bataille. La vie que porte Riva en elle peut tout changer et nouer l'alliance entre les deux peuples, libérés de toute malédiction.

8 minutes et 20 secondes, c'est le temps qu'a le couple pour convaincre deux ennemis qui s'affrontent depuis des siècles de renoncer à subir plus longtemps cette malédiction et d'apprendre à vivre ensemble.

C'est plein d'espoir qu'Athrad prend la parole, suivi de Riva. En découvrant qu'elle porte en elle un enfant, les deux rois perdent tout contrôle et tentent de tuer la jeune femme mais trouvent Athrad sur leur chemin... Les rois s'allient alors pour combattre Athrad, qui ne faiblit pas, forcé d'aller jusqu'au bout pour protéger Riva. D'un geste sûr et déchirant, il anéantit les deux rois.

Ce n'est qu'au crépuscule que prend fin la guerre. Les combattants des deux peuples se sont affrontés jusqu'au dernier, laissant Riva et Athrad seuls au milieu des cendres

Riva s'effondre, anéantie d'avoir échoué. Athrad la prend alors dans ses bras. Lui qui voulait le meilleur pour Riva et leur enfant, avait pris une décision. Il lui propose alors ce à quoi il pensait depuis des semaines : en finir pour de bon avec la malédiction. Riva comprend immédiatement ce que cela signifie : Athrad est en train de lui proposer de se sacrifier pour lui offrir la vie qu'ils méritent, elle et son enfant. Elle pourrait quitter l'île d'Isilor et rejoindre d'autres contrées pour y vivre en paix. Le prince touche le ventre de sa bien-aimée, la prend une dernière fois dans ses bras. Par amour il était prêt à tout. Mais en réponse, Riva pose

à son tour sa main sur le cœur d'Athrad. Son choix était fait depuis toujours. Mieux vaut vivre 16 minutes et 40 secondes le cœur battant qu'une vie sans amour.

Riva donna naissance à des jumeaux, Luneï et Saun, symboles de paix. Chaque nuit, elle partageait des moments privilégiés avec ses enfants tandis que le jour Athrad prenait soin d'eux. Et pendant 16 minutes et 40 secondes par jour, ils étaient ensemble pour l'essentiel, l'amour. Les jumeaux vivant aussi bien le jour que la nuit, ils furent à l'origine d'un nouveau peuple qui bientôt redonna vie à Isilor. Désormais en paix, l'île vit peu à peu s'installer des habitants d'autres contrées. Tout le monde avait accepté le règne du roi et de la reine de pierre.

La guerre ne fut plus qu'un lointain souvenir et l'on raconta même que la lune et le soleil furent inspirés par l'amour des deux amants. La lune pardonna au soleil, qui comprit son erreur passée. Et depuis, les deux astres cohabitent dans le ciel pour ne faire plus qu'un, pour l'éternité.

Philibert

Comme la vie est monotone parfois ! La routine devient déprimante et on se laisse envahir par la lassitude. C'est exactement ce que Nicolas ressent depuis quelque temps. Il a perdu son travail deux mois plus tôt. Et ça, c'est un coup dur. Il faut dire qu'il adorait son job. Créateur de jeux vidéo, c'est un rêve pour beaucoup de personnes.

Il avait créé des héros qui faisaient rêver des joueurs dans le monde entier, mais un jour tout s'était arrêté. L'entreprise pour laquelle il travaillait a dû fermer ses portes. Depuis, il s'est isolé dans son petit appartement. Au départ, il avait apprécié avoir du temps pour lui mais l'ennui est arrivé plus vite que prévu.

Il regarde désormais des séries et des films à longueur de journée, ne se lève même plus du canapé et attend un événement qui viendrait tout bouleverser. Peu à peu, il se coupe de ses proches et se laisse aller. Son logement est à son image : négligé, désordonné, sale et triste.

Mais un jour, Line, sa mère toque à la porte. Elle en a marre de voir son fils s'apitoyer sur son sort sans rien faire pour changer les choses. Et ce jour-là, elle n'est pas venue les mains vides. Elle a apporté à son fils un objet particulier pour essayer de remettre en ordre sa maison mais également sa vie. Elle lui a toujours dit : « Une maison propre et rangée, c'est un esprit propre et rangé aussi. » Et c'est bien vrai.

Elle lui met alors le robot aspirateur technologie dernier cri dans les mains, en espérant qu'il aidera Nicolas à nettoyer son intérieur et à retrouver le moral par la même occasion. Elle connaît bien son fils, il est un peu feignant, mais avec un peu d'aide elle sait aussi que c'est un jeune homme doté de la meilleure volonté du monde.

Le soir, Nicolas ouvre la boîte et commence à consulter le mode d'emploi. Il se surprend même à se dire que c'est super d'avoir une machine qui fait le ménage à sa place. Il aura surtout l'impression d'être moins seul. Il branche alors le petit robot et le met en charge. Il va ensuite se coucher, laissant l'aspirateur faire le ménage.

Quand il se réveille le lendemain matin, Nicolas se surprend à apprécier la propreté. « C'est vrai que c'est agréable ! » se dit-il. Sans trop savoir pourquoi, il se dirige vers le robot et le remercie à haute voix.

– Oui, bah ! Tu fais bien de me remercier parce que c'était tout cradingue ici !

Nicolas sursaute, ne s'attendant pas à ce que le robot se mette à parler.

– Mais... tu parles ?

– Oui, je parle ! Et j'en ai, des choses à dire. Comment peux-tu vivre dans un taudis pareil ?

– C'est parce que j'ai perdu mon boulot.

– Je ne te demande pas pourquoi tu es chez toi, je te demande pourquoi c'est sale ?

Et c'est vrai, se demande Nicolas : quel est le lien entre les deux ? Ce n'est pas une excuse...

– Je m'appelle Philibert et on va remettre tout ça en ordre ! dit-il.

Et tandis que le petit robot se met à faire le tour de l'appartement, Nicolas le suit docilement.

– On va commencer par faire un tri, c'est ça le plus important. Quand ça ne va pas, faire le tri.

Nicolas se demande s'il ne devient pas fou... Il est en train de parler avec un robot aspirateur... Mais bon, il n'a rien d'autre de prévu alors pourquoi pas ?

C'est dingue, tout ce qu'il y a dans cet endroit, se dit Nicolas après avoir jeté à la poubelle toutes les boîtes de biscuits, les bouteilles de soda vides et mis au sale tous les vêtements qui traînaient. Philibert fait des plaisanteries et se moque de lui. Ils se surprennent à devenir amis très rapidement. Nicolas se sent déjà mieux.

Après une journée de ménage, les deux amis décident de regarder un film ensemble pendant que Philibert se recharge. Ils passent la soirée à discuter. Nicolas lui raconte sa passion pour les jeux vidéo, sa joie d'avoir trouvé un travail et sa tristesse de l'avoir perdu. Il lui dit aussi comme il se sent seul depuis qu'il ne voit plus ses amis. Ils n'ont plus le temps puisqu'ils travaillent, eux... Puis surtout, Zoé... Il aimait bien Zoé mais il n'a jamais osé le lui dire. Et maintenant qu'il est un loser, elle s'intéressera encore moins à lui, c'est sûr...

Mais Philibert ne l'entend pas de cette oreille. Demain, ils reprendront le travail où ils l'ont laissé ce soir, la vie de Nicolas va redémarrer et sa joie de vivre avec...

Un gros coup de tondeuse, de rasoir et hop ! Nicolas est méconnaissable. Comment a-t-il pu se laisser aller à ce point ? C'est limite s'il n'a pas oublié à quoi il ressemblait avant de ne plus s'aimer. C'est vrai qu'il est plutôt beau garçon. Il appelle sa mère en visio et celle-ci, ravie de voir que son fils se reprend en main, lui demande comment il a pu se remotiver aussi vite. Mais pour toute réponse, Nicolas lui apprend qu'il s'est fait un ami. Philibert, qui n'a rien raté de la conversation, est terriblement touché.

Les jours qui suivent, Nicolas continue son tri. Au bout de quatre jours, l'appartement est comme neuf. On en avait même oublié la couleur des murs. Waouh ! il est vraiment sympa, cet endroit, en fait...

Mais il est déjà l'heure de passer à la deuxième étape. Philibert refuse que Nicolas rechute, il doit se motiver et trouver une occupation. Et ils n'ont pas besoin de chercher bien loin. La passion de Nico, c'est l'animation et il a tout le matériel chez lui... Ne serait-ce pas le moment de faire son court métrage animé, comme il en a toujours rêvé ?

« C'est décidé, se dit Nicolas, si le travail ne vient pas à moi, c'est moi qui viendrait à lui ! » Il se met alors à écrire l'histoire d'un petit aspirateur robot qui prend vie pour changer la vie d'un jeune homme un peu déprimé. Philibert est touché. Il n'a jamais été une vedette de la télé. Bon, c'est vrai qu'à l'usine de fabrication tout le monde l'adorait et c'était un peu lui la star de la bande. Mais depuis qu'il attendait qu'on l'achète dans son magasin, il avait un peu perdu le moral. Mais ça, il ne l'a jamais dit à Nicolas. Et la vérité, c'est que les deux amis se sont bien trouvés. Philibert a certes changé la vie de Nicolas, mais l'inverse se justifie aussi.

Pendant des semaines, ils travaillent d'arrache-pied pour faire le plus beau film d'animation possible. Mais un jour, un événement vient quelque peu perturber leur projet.

Le téléphone de Nicolas sonne. C'est le nom de Zoé qui s'affiche... Il n'en revient pas et n'ose pas décrocher. C'est sans compter sur Philibert qui le somme de répondre.

– Allô ? dit maladroitement Nicolas.

Zoé est heureuse de l'entendre au téléphone. Cela fait des mois qu'elle n'a pas eu de nouvelles et cela la rendait triste. Alors ça... Nicolas n'en revient pas, c'est encore mieux que dans ses rêves. Elle lui demande si elle peut venir dîner chez lui. Il panique et Philibert répond à sa place en criant « Oui ! À ce soir ! »... avant de raccrocher aussitôt.

Panique à bord ! Ce soir ? C'est trop tôt, Nicolas n'est pas prêt. Mais tout le monde sait qu'on n'est jamais prêt pour être bouleversé dans la vie.

Les deux amis passent l'après-midi à essayer de cuisiner et à choisir des vêtements pour Nicolas. Il est important que tout soit parfait. Il est amoureux de Zoé depuis des années et ce soir Nicolas va lui déclarer sa flamme. Enfin... il va essayer.

Le soir venu, Zoé est à l'heure. Elle serre Nicolas dans ses bras, très heureuse de le voir. La soirée se passe comme prévu... Chaleureuse et

douce. Mais soudain, Zoé fait tomber son verre et alors qu'elle ramasse les morceaux, elle sursaute. Elle ne s'attendait pas à ça ! Philibert, qui s'était fait discret jusqu'ici, surgit. Il est vrai que c'est dans sa nature : s'il y a quelque chose à aspirer, il ne peut pas s'en empêcher. Il se retrouve alors face à Zoé qui sourit.

– Il est trop mignon ! dit-elle.

– Merci ! répond Philibert.

Mais là, c'est un cri de peur qui sort de la bouche de Zoé.

– Un aspirateur qui parle ! Mon Dieu, un aspirateur qui parle ! n'arrête pas de répéter Zoé.

Pour tenter de la calmer et de la rassurer, Nicolas la serre dans ses bras. À aucun moment, ils n'ont été aussi proches, et là, c'est un moment magique puisque Zoé embrasse Nicolas. Celui-ci rougit, il n'a jamais été aussi heureux.

Philibert réapparaît avec une bouteille de champagne sur le dos. Cette fois Zoé ne crie pas mais est intriguée. Le reste de la soirée se passe à parler tous les trois et elle aussi tombe sous le charme du petit robot...

Six mois plus tard, Zoé sonne à la porte avec ses cartons. C'est le jour de l'emménagement ! Comme la vie de Nicolas a changé depuis l'arrivée de Philibert... Et c'est ainsi que les trois amis s'installent ensemble. La vie est douce. Mais Philibert connaît quelques désagréments ces derniers temps, il ne se charge pas très bien. Jusqu'au matin où... Philibert ne se réveille pas. Pris de panique, Zoé et Nicolas l'emmènent chez le réparateur.

Celui-ci leur annonce que c'est un modèle défectueux et que l'on finit toujours par le lui rapporter, direction le recyclage. Mais ça, c'est hors de question. Ce jour-là, ils parcourent toute la ville pour trouver un réparateur capable de leur rendre leur ami.

C'est au fond d'une vieille ruelle que le couple tombe sur une toute petite boutique de jouets. C'est Line, la mère de Nicolas, qui en a entendu parler. Elle est tenue par un monsieur qui fabrique des poupées mais qui est aussi inventeur.

Après avoir écouté toute leur histoire, le fabricant attendri promet de faire de son mieux.

Plusieurs jours passent sans nouvelles de l'inventeur. Zoé et Nicolas sont inconsolables, lorsque leur téléphone sonne enfin :

– Venez, j'ai une surprise...

Le couple se rend à toute vitesse chez le réparateur, mais ce n'est pas lui qui leur ouvre la porte. Ils sont sous le choc en découvrant que le fabricant a fait des miracles : Philibert n'est plus un petit aspirateur cloué au sol, mais bel et bien un robot d'un mètre de haut doté de jambes et de bras. Tous trois s'enlacent, soulagés.

L'inventeur leur explique qu'il a réussi à rendre à Philibert sa superbe et par la même occasion à en faire quelqu'un d'unique. Il ne fonctionne plus sur secteur : grâce à des panneaux solaires, il peut désormais mener sa vie comme il l'entend.

Quelques mois plus tard, Nicolas est tout fier. Son film est achevé et un cinéma accepte de le diffuser. Ni Zoé ni Philibert n'ont vu l'œuvre complète. Tout le monde se fait beau pour la première.

De nombreuses personnes sont présentes quand ils arrivent – il est vrai que Nicolas a fait un peu de pub autour de son événement. Quand il sort de la voiture, Philibert est pris en photo et applaudi. En levant la tête, il découvre l'affiche du film. C'est lui, c'est la star du film qui porte même son nom. Ému, le robot remercie son ami.

Le trio s'installe dans la salle et le film commence. Sous leurs yeux, c'est leur histoire qui est contée, du début jusqu'à aujourd'hui. Tout le monde est touché et, à la fin de la projection, se lève pour saluer l'artiste et son ami qui ont droit à dix minutes de *standing ovation*. Et c'est ainsi qu'un chapitre s'achève pour laisser s'ouvrir un second, celui du succès et d'une nouvelle vie qui a démarré dans un appartement sens dessus dessous...

PHILIBERT
CINEMA

Donne-moi ton cœur

William aime la brume, elle est douce et enveloppante. L'Écosse est bien connue pour son ambiance magique. Le pays a toujours été réputé comme l'endroit le plus hanté du monde avec ses châteaux et ses créatures féeriques.

Tous les ans, des millions de touristes viennent visiter cette terre mystérieuse. Tous ces gens croisent William, mais personne ne prête vraiment attention à lui. Il est le caissier de la petite boutique de souvenirs qui se trouve en face du Eilean Donan Castle. Bâtisse mythique, que les plus curieux viennent visiter, ce petit château regorge d'histoire. Comme à la fin de toutes ses journées, William va fermer ses portes pour la nuit. Mais ce soir-là est différent.

Alors qu'il saisit l'énorme clef qui permet de tout verrouiller, William entend des bruits étranges en bas de l'escalier. Il hésite à aller voir ; il faut dire que ce n'est pas très rassurant, des cachots de château en pleine nuit, avec toute cette brume alentour. Mais bon, la curiosité n'est pas toujours un vilain défaut.

William descend l'escalier et trouve une femme encapuchonnée derrière les barreaux :

– Hé ben ! C'est pas trop tôt !

– Pardon ? demande William.

– Oui bah ! Tu fais bien de t'excuser, ça fait une éternité que je suis là-dedans, tu m'entends jamais.

– Mais qu'est-ce que vous faites ici ? Et pourquoi ?

– Tu veux pas me libérer avant ?

William s'excuse, ouvre le cachot et la femme en sort.

– Bon, ça va sûrement te faire un choc au début, mais une fois qu'on aura passé cette étape on pourra s'occuper de la suite. Je suis la Mort et j'ai besoin de ton aide…

William s'esclaffe, ne croyant pas une seconde à la véracité des propos de la jeune femme. Ce n'est pas du tout comme ça qu'il imaginait la Mort. Il s'est toujours dit que ce serait un squelette sous une cape noire brandissant une faux. Bon, elle porte bien un kilt et une grande veste à capuche verte à carreaux, mais quand même.

La Mort s'approche de lui et lui prend la main. Cette main froide est étrangement rassurante, William ressent même de la chaleur à l'intérieur de lui. Il regarde alors intensément la jeune femme et décide de l'écouter.

– J'ai besoin de ton aide pour retrouver mon cœur. On me l'a volé et on m'a jetée dans le cachot. C'est grâce à ce cœur que je peux emmener les défunts de l'autre côté. Sans lui, tout le monde reste ici à errer.

– Les morts entrent dans ton cœur pour s'en aller ?

– Exactement… C'est joli, hein ? Ouais… Sauf que depuis des décennies, je ne peux plus emmener personne puisqu'on me l'a volé. Et d'un coup, *bam* ! L'Écosse devient le pays le plus hanté sur terre et moi je remporte le titre de la pire employée du millénaire…

– La pire employée de quoi ?

– Bah ! Tu te doutes bien que y a pas qu'une Mort pour toute la terre… On est un agent par pays, sinon t'imagines le désordre. Et moi je suis même plus dans le classement à cause de mon sabotage. Alors… tu m'aides ?

– Pourquoi j'arrive à te voir ?

– Parce que tu m'as déjà vu… Quand t'étais petit et que tu t'es noyé dans le loch Lomond… T'es mort pendant deux minutes et t'es revenu. Tu te souviens ? Ça crée un lien qui ne se rompt jamais. Alors, tu m'aides ?

– Qu'est-ce que je dois faire ?

– M'aider à trouver mon cœur.

Sans trop savoir pourquoi, William accepte et se retrouve accompagné par la Mort dans sa voiture. Quel sentiment étrange… De toute façon, il a toujours rêvé d'aventure, alors pourquoi pas celle-ci ? Il appellera le boulot demain matin pour dire qu'il est malade et ira parcourir l'Écosse avec sa nouvelle amie à la recherche de son cœur.

Dès le lendemain, c'est emmitouflés dans leurs vêtements d'hiver que les nouveaux amis se retrouvent à Glencoe, au cœur de l'Écosse. Ils vont voir le fantôme qui y habite. C'est un grand sage qui détient toutes les réponses. Il vit dans un hôtel situé en plein cœur de la région. Là-bas, il y a toujours des biches devant la bâtisse.

En voyant arriver la Mort, gardienne des âmes des voyageurs, les biches viennent à sa rencontre pour la saluer et lui indiquer où se trouve Scott.

Le revenant arrive. William n'en revient pas : il voit le fantôme, mais a-t-il toujours pu les voir ? La Mort vient recueillir des informations et explique que la dernière fois qu'on a vu son cœur, c'était le monstre du loch Ness qui venait de le lui dérober. Ah ! parce que lui aussi il est réel ? Incroyable !

En effet, le monstre, jaloux du cœur de la Mort, le lui avait volé pour connaître le secret de l'au-delà. Mais c'est un secret bien gardé, et depuis on n'a jamais revu le monstre. Serait-il bloqué de l'autre côté lui aussi ? Nous devons en avoir le cœur net : direction le loch Ness.

Sur la route, William pose des milliers de questions à la Mort, fasciné par elle. Mais le secret professionnel, chez Mort & Cie, est très strict. Rien ne doit être divulgué. Évidemment, un problème se pose : si Nessie est bloqué dans l'au-delà, nous allons devoir aller le chercher...

William et la Mort arrivent enfin au loch et sortent en trombe de la voiture. La Mort souffle sur le jeune homme et une bulle se forme autour de sa tête. Sans même lui laisser le temps de réagir, elle le force à plonger dans l'eau.

Et les voilà qui nagent ensemble à la recherche de Nessie. Après des heures et des heures, ils repèrent une sorte de grotte au fond de l'eau et se dirigent vers elle. À l'extrémité de celle-ci se trouve le monstre.

William n'en croit pas ses yeux... Les légendes sont vraies ! Nessie est inanimé. La Mort s'approche doucement de la créature et, en saisissant la main de William, plonge dans le corps du monstre.

De la brume partout, encore plus que sur l'île de Skye, voilà qui n'est pas commun ! Qu'est-ce que cet endroit ? L'au-delà ? Comme il est apaisant, doux et lumineux !

– Nous devons retrouver l'âme de Nessie, ouvre bien grands les yeux !

Il n'avait jamais pensé à l'au-delà depuis qu'il s'est noyé, enfant, mais maintenant qu'il s'y trouve, beaucoup de souvenirs ressurgissent. Une partie de lui est restée dans cet endroit simple et calme. C'est vrai que William a toujours eu la sensation de passer à côté de sa vie. Pas de vrai but, pas vraiment d'ambition. Mais depuis que la Mort est venue le voir pour lui demander de l'aide, tout a changé. Et pendant qu'ils parcourent ensemble l'au-delà, il se surprend à la trouver belle.

– Tu as toujours été la Mort ? demande William.

Surprise, la femme le regarde sans répondre. Elle continue d'avancer puis s'arrête, se retourne.

– Non, je suis morte il y a bien longtemps. La Mort était un vieil homme à l'époque, mais fatigué de cette tâche il m'avait proposé de prendre sa place. J'ai toujours aimé aider les gens, mais je n'avais pas pris en compte que je me sentirais aussi seule et fatiguée au bout d'un moment. Et là, dans l'au-delà, c'est vrai que je me sens bien et que j'aimerais bien y rester... Je n'ai même pas été capable de protéger mon cœur, je suis une bien piètre Mort.

William est ému. Il n'avait jamais envisagé la dureté de la tâche et, en voyageant auprès de la Mort, il commence à ressentir une certaine affection pour elle.

– IL EST LÀ ! crie la femme.

Et c'est vrai, l'âme de Nessie est là, seule, en train de vagabonder. En voyant la Mort, il est presque rassuré et heureux de la voir. Après s'être beaucoup excusé, il se met à raconter pourquoi il avait décidé de voler le cœur de la Mort.

– Perdre mon ami Elliott a été la plus douloureuse période de ma vie. Je pensais qu'en volant ton cœur je pourrais le retrouver, mais je me suis perdu ici et je n'avais aucun moyen de te retrouver. Je suis désolé... J'aimerais tant retourner dans mon lac ! dit la créature en tendant son cœur à la Mort.

La Mort pose sa main sur le front de Nessie en signe de pardon et lui demande ainsi qu'à William de fermer les yeux. Quand ils les rouvrent, ils sont sur les rives du loch Ness. La créature fait des bonds dans tous les sens, heureuse de retrouver sa maison. La Mort replace son cœur dans sa poitrine et, après les avoir remerciés, le monstre repart vers les profondeurs du lac.

Dans la voiture, William observe la Mort. Elle semble mélancolique. Ne sachant trop quoi dire, il se contente de garder le silence en signe de respect. La route est longue et la nuit étend son ombre. De la neige commence à tomber et, sans prévenir, un animal traverse la route. En voulant l'éviter, William perd le contrôle de la voiture. Le choc est violent, le temps s'arrête.

Un battement de cœur qui ralentit, un froid glacial. William ouvre les yeux, la Mort est face à lui.

– Je suis Mort ? demande-t-il.

– Tu devrais, oui. Mais je te dois beaucoup... alors je t'accorde une troisième chance. Tu vas vivre !

William regarde la Mort. Qu'est-ce qu'elle est belle ! Il ne veut pas l'abandonner. Mieux, il ne veut pas qu'elle souffre. William repense à son histoire et une idée lui vient.

William propose à la Mort d'échanger leurs rôles.

– Donne-moi ton cœur et je t'offrirai le mien.

Touchée par les mots de William, la Mort hésite, ne voulant pas le condamner à ce rôle si difficile. Mais celui-ci réussit à la convaincre.

En un clin d'œil, William se redresse. Il se retrouve face à son amie, lui présentant sa poitrine, il guide la vieille Mort afin qu'elle entre dans son cœur pour trouver le repos et lui promet de venir la voir de temps en temps dans l'au-delà.

C'est ainsi que William trouva sa voie. Il serait celui qui guide les âmes vers la paix. Et ça lui va bien, lui qui aime tant rendre service.

En un rien de temps, il alla trouver toutes les âmes errantes d'Écosse pour les guider vers la lumière et devint ainsi le meilleur employé de Mort & Cie. Si bien que même les âmes des pays voisins vinrent lui demander ses services. Mais ce que préférait William, c'était aller de temps en temps au bord du loch voir ses vieux amis Nessie et la Mort, main dans la main, amis pour la vie.

La grande traversée

Sam et Alex sont amoureux et heureux. De cet amour sont nés Théa et Théo et tout ce petit monde forme un joli clan de quatre escargots. À la force de ses tentacules, le couple a élevé ses enfants pour qu'ils deviennent courageux et téméraires. La vie des escargots n'est pas si facile et remplie de dangers... Mais à l'image de leurs coquilles, ils s'endurcissent avec le temps.

La petite famille est soudée malgré les conditions de vie du moment. Un escargot ne se déplace que les jours de pluie, et voici un mois qu'il n'a pas plu. Leur logement commence à se dégrader et ils savent qu'ils ne vont pas pouvoir y rester encore très longtemps. Tous les jours, Sam regarde le ciel et attend cette averse qui leur permettrait d'effectuer la grande traversée.

En effet, les parents de Sam et Alex ont un abri de l'autre côté du trottoir, un véritable palace sous la terre. Toute la famille y est déjà, ne manquent plus qu'Alex, Sam et leurs enfants. Le plan est simple : attendre la pluie et se lancer... Le mettre en pratique, par contre, s'avère beaucoup plus compliqué. On raconte que ce trottoir est le passage le plus dangereux du pays. De nombreux camarades y ont laissé la vie, écrasés par les chaussures des géants des villes.

Il faudra être le plus rapide possible mais la vitesse n'a jamais été le fort des escargots. L'autre côté, c'est le Graal et il ne faut pas se rater. Tous les matins, les parents expliquent de nouveau le plan à leurs enfants

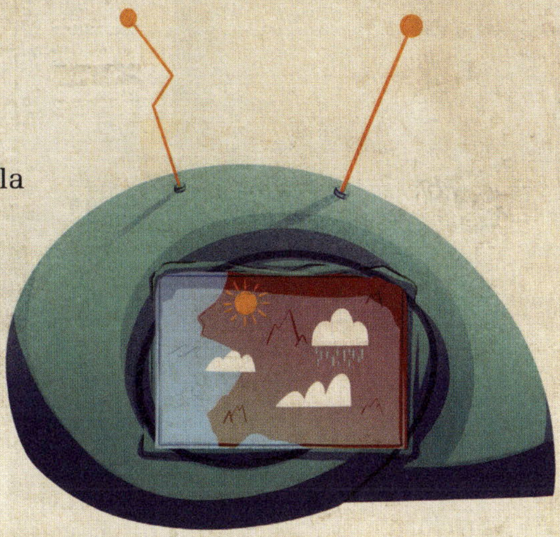

afin qu'ils se tiennent prêts le jour où la pluie tombera. Il ne faudra pas perdre un instant, mais oublier ses peurs et avancer... quoi qu'il arrive.

Bernard, leur voisin, vient frapper à la porte ce mercredi soir, porteur d'une folle rumeur. Il a entendu sur Coquille TV que la pluie tombera... demain. Bernard partage avec eux l'espoir de rejoindre l'autre trottoir, sa famille y est déjà elle aussi.

Le jour où elle avait traversé, Bernard était souffrant et savait qu'il n'y arriverait pas. Il avait alors laissé partir femme et enfants vers un monde meilleur, celui du trottoir des numéros pairs, là où l'herbe est verte – il paraît qu'il y a des trèfles et des potagers, des piscines de bave et des boîtes de nuit en fleurs de salade. C'est donc tout naturellement qu'il demande à Alex et Sam s'il peut les accompagner dans cette épopée, et bien sûr ils acceptent.

Sept heures du matin. Le soleil n'est pas encore levé, mais ce sont de gros bruits à l'extérieur qui réveillent la famille. C'est le moment ! Les sacs sont déjà prêts, chacun emportant ses affaires dans sa coquille. Tous se tiennent par les tentacules et se promettent d'arriver ensemble de l'autre côté.

Alex se lance en premier. C'est l'heure de pointe dans la ville et les passants sont nombreux. Mais il ne peut pas montrer sa peur, c'est leur plus belle occasion et la pluie est torrentielle, c'est idéal pour avancer au plus vite.

La petite famille accompagnée de Bernard progresse sans se retourner. Un pied de géant à gauche, un pied de géant à droite. Le danger est partout ! Mais le petit Théo se surprend à prendre de la vitesse et Théa, qui est terrorisée, suit son frère pas à pas.

En évitant une patte de chien poilu, Sam se retrouve écarté de sa famille. Pris au piège entre les chaussures de tous les géants, il ne voit plus rien... Théo et Théa restent ensemble et perdent de vue leurs parents, mais Bernard les rattrape et les entraîne à sa suite. Alors qu'une valise à roulettes leur coupe la route, Bernard pile comme un pilote de formule 1 et évite la catastrophe.

Soudain, la pluie se fait moins dense. La traversée est pourtant loin d'être finie et reste éprouvante... voilà déjà quatre heures que le trio avance en bravant tous les dangers ! La fatigue commence à se faire sentir mais ils n'abandonnent pas.

Tout à coup, Sam et Alex réapparaissent auprès de leur famille... Plus que quelques centimètres ! C'est alors qu'une trottinette électrique passe à toute vitesse devant eux. Bernard rentre dans sa coquille pour se protéger mais trop tard, la trottinette l'a touché, un morceau de sa coquille est abîmé et le voilà mal en point. Il somme ses voisins de continuer sans lui, ne voulant pas les ralentir. Mais la famille, si proche du but, refuse d'abandonner son ami à son triste sort. Ils décident alors de faire une chaîne et le poussent par-derrière. Tout en protégeant au mieux la coquille de Bernard, histoire de ne pas la casser davantage, ils mettent toutes leurs forces pour le faire avancer.

Théa en profite pour dire à son ami que ce n'est pas si grave et qu'ils en profiteront pour changer un peu la déco de sa coquille. Bernard sourit, mais affaibli et craignant de faire échouer la grande traversée, il ne veut pas qu'il arrive quelque chose par sa faute à la famille. Pour Théo cela n'a aucun sens, Bernard fait lui aussi partie de la famille et il lui dit.

Plus que quelques millimètres, le but est presque atteint. C'est alors qu'une petite tête émerge de la pelouse : c'est Hermine, la maman de Sam... Elle sort alors de son trou pour les rejoindre. Tout semble au ralenti

alors que nos héros sont au maximum de leur vitesse ! Trois millimètres, deux millimètres, un millimètre...

Bernard est tout surpris de sentir l'herbe sous son ventre... Il se retourne et constate que toute la famille a réussi. Ils l'ont fait ! C'est alors que cinq, six puis sept petites têtes sortent de la pelouse. Ce sont les retrouvailles tant attendues de cette famille. Tout émus, ils se regroupent et se félicitent. C'est le début d'une nouvelle vie et le jour de la grande traversée restera gravé dans leur mémoire.

Car ce fut le jour où tout faillit s'arrêter. Mais grâce à leur volonté et au soutien des uns pour les autres, tous ont vaincu leur peur... ensemble.

Entre deux eaux

Liam et Mona sont amoureux. Ils s'aiment depuis le collège - parfois, c'est évident, c'est comme ça. Après avoir fini leurs études, ils ont acheté une petite maison dans un village reculé, loin du brouhaha de la ville.

Comme tous les matins, Mona va à la piscine. C'est une routine qu'elle s'impose et qui lui fait du bien. Les 47 longueurs qu'elle fait lui procurent un sentiment de bien-être. Elle aime l'eau, elle a toujours cette sensation de voler quand elle nage. Aussi loin que remontent ses souvenirs, elle a toujours aimé sentir la caresse de l'eau sur son corps.

Mais ce matin-là, Mona est nauséeuse. Elle se lève malgré tout pour se rendre comme à son habitude à la piscine. Mais aujourd'hui, c'est seulement 19 longueurs que réussit à faire la jeune femme.

La nouvelle tombe quelques jours plus tard : Mona est enceinte, elle porte la vie. Liam est aux anges et tous deux voient se dessiner le rêve d'avoir un petit qui leur ressemblerait.

Pendant la grossesse, Mona continue d'aller à la piscine. Sentiment étrange, c'est seulement lorsqu'elle nage qu'elle se sent bien. Il est vrai qu'elle vit une grossesse plutôt difficile. Mona sent que quelque chose se trame mais ne saurait dire quoi. Au huitième mois, elle ne fait plus de longueurs mais continue de se rendre à la piscine municipale pour oublier le poids supplémentaire qu'elle doit porter et qui lui cause un mal de dos terrible.

En allant se changer dans les vestiaires, Mona est prise de contractions ; c'est le moment, elle le sent. Impossible de l'emmener à l'hôpital. Un médecin, venu s'entraîner pour une course de relais, répond à l'appel du maître-nageur. On contacte Liam en urgence tandis que tout le monde s'agite autour de Mona.

Tout se passe très vite, si bien qu'à 14 h 14, Elijah ouvre les yeux pour la première fois. Mais la joie n'est que de courte durée, quelque chose ne va pas. Le bébé ne respire pas, et surtout, une chose incroyable et inattendue saute aux yeux de Mona : Elijah a des branchies dans le cou... Incroyable ! Mais la jeune mère n'a pas le temps de s'extasier, car la vie de son fils est en danger.

Mona se lève d'un bond malgré son état, prend Elijah dans ses bras et saute dans la piscine. Le petit garçon se met alors à respirer. Tout le monde reste perplexe, mais Mona l'avait senti : son fils serait extraordinaire.

Le temps que Liam construise une piscine pour accueillir Elijah chez eux et lui crée la chambre aquatique la plus incroyable jamais faite, Mona et son fils vivent à la piscine municipale.

Chaque jour, les habitants du village viennent apporter des cadeaux au nouveau-né et nager avec le petit garçon. Dès ses premiers jours, il se déplace tout seul et est comme un petit poisson dans l'eau.

Les années passent et Elijah grandit dans l'immense piscine que son père lui a construite. Ses parents se sont habitués très rapidement à la particularité de leur enfant. Mona fait désormais ses longueurs dans la chambre de son fils et il ne faut pas longtemps à Elijah pour devenir bien meilleur que sa mère.

Les choses se compliquent quand il atteint l'âge d'aller à l'école et de s'y faire des copains. Impossible pour lui de créer des liens ! Il y a bien des enfants qui ont entendu parler du garçon poisson, mais personne ne l'a encore vu. Elijah se sent seul. Il aurait pourtant aimé se faire des copains.

LE GRAND BLEU

Il y a bien Benji, son poisson, avec qui il partage ses journées, mais cela ne satisfait pas Elijah. Quand il regarde la télé, il envie les enfants qui courent, vont aux anniversaires ou en colonie de vacances. Puis il y a aussi ce film qu'il regarde chaque matin, *Le Grand Bleu*, et il rêve de plus grand… Petit à petit, la tristesse l'envahit.

– Le problème quand tu vis dans l'eau, c'est que personne ne voit tes larmes, dit Elijah à Benji. Je veux sortir de ma chambre et voir le monde…

Quand sa mère vient le réveiller ce matin-là, elle sent que c'en est trop pour son fils. Elle propose alors à Liam d'organiser une fête pour l'anniversaire d'Elijah et d'inviter des enfants de son âge pour lui changer les idées.

Quand Mona annonce la nouvelle au petit garçon, celui-ci bondit de joie ! Le dixième anniversaire d'Elijah aura lieu à la piscine municipale. Ses parents sont terriblement inquiets de la réaction des autres enfants. Vont-ils l'accepter ? Se moqueront-ils de lui ? L'heure n'est cependant pas à la peur mais à l'espoir.

Pour l'occasion, Mona achète une superbe combinaison de plongée orange à Elijah, qui l'enfile fièrement. On le transporte dans un bac d'eau accroché comme une caravane derrière la voiture de Liam. Le garçon ne tient pas en place, il ne sort que très rarement de sa chambre et le chemin jusqu'à la piscine est un périple qui le remplit déjà de joie ! C'est incroyable ce qu'il se passe autour de lui…

Il y a des arbres et tout en haut il y a des feuilles… et… Oh ! Regardez, un chien qui se balade avec son maître… Comment peut-il bien s'appeler ? Et là ! Un feu rouge ! Les couleurs sont si jolies…

La voiture s'arrête. Pour transférer Elijah dans la piscine, son père le prend dans ses bras et le petit garçon retient sa respiration avant de sortir de l'eau. Liam se dépêche et compte les secondes…

Plouf ! Ça y est ! Il respire… C'est fou, il y a des ballons sous l'eau et des toboggans, tout pour s'amuser !

13 h 55 : dans 5 minutes les copains seront là, Elijah est impatient. 13 h 56, 13 h 57, 13 h 58, 13 h 59… 14 heures. Il prend sa respiration, sort la tête de

l'eau et se retrouve face aux enfants du village. Il sourit et les invite à venir nager, mais à la vue des branchies du petit garçon les enfants hurlent et partent en courant. C'est un spectacle insupportable pour les parents d'Elijah, qui accourent pour soutenir leur fils. Elijah est déchiré de l'intérieur. Qu'espérait-il ? Qu'il serait accepté comme ça ? Malgré sa différence ?

Quand soudain, un « plouf » se fait entendre. Qui vient de sauter dans la piscine ? Sarah s'est pincé le nez et fonce maintenant sous l'eau. Elle se retrouve face au petit garçon et se met à faire des bulles en soufflant par la bouche, Elijah rit et elle aussi.

La fête d'anniversaire finit tardivement et Sarah devient le centre de l'univers d'Elijah. Tous les jours après l'école, elle enfile son maillot et retrouve Elijah dans sa chambre aquatique. Sarah lui fait le résumé de sa journée, lui apporte les cours qu'elle a plastifiés et ils font leurs devoirs ensemble. Elijah ne vit que pour 17 heures, l'heure à laquelle son amie arrive. Il faut dire qu'Elijah est amoureux de Sarah mais il n'ose pas le lui dire, il a trop peur de la perdre. Et puis, dans cette routine particulière mais douce, sa seule présence lui suffit…

Tout est bouleversé le lundi 10 mai. Sarah est en retard. Elijah n'aime pas ça, il sent que quelque chose ne va pas. Quand elle arrive enfin, elle a le visage grave. Elle est venue annoncer à son ami qu'elle part pour l'université. Sarah rêve de devenir une scientifique réputée et d'étudier les fonds marins. Elle doit y aller mais promet à Elijah d'inventer une machine qui lui permettra de vivre hors de l'eau. Elijah sait ce que ça veut dire… Il est impossible pour lui de perdre Sarah… Comment va-t-il faire sans elle ?

Le jour du départ de son amie, Elijah s'efforce de ne pas lui montrer sa peine. Il lui a même préparé un cadeau, un dauphin de verre en souvenir de toutes les fois où les deux adolescents ont regardé *Le Grand Bleu* ensemble… Et il se l'est promis, il fera semblant d'être heureux pour elle et de l'encourager pour sa nouvelle vie. Mais quand Sarah arrive, c'est elle qui se met à pleurer, elle plonge dans l'eau toute habillé et, sans prévenir, embrasse Elijah en lui demandant de lui promettre de l'attendre. Retour à la case départ : Elijah redevient le petit garçon poisson solitaire.

Les jours se ressemblent et ses parents n'ont plus d'idées pour remonter le moral de leur fils. Ils décident alors de faire une chose qui les effraie, emmener Elijah voir l'océan.

Le voyage jusqu'au grand bleu est fascinant, le jeune homme a le visage collé à la vitre tout au long du trajet. Autour de lui les voitures ralentissent pour l'observer. Dans certaines, des visages apeurés… Mais quelque chose de plus fort fait vibrer le cœur d'Elijah, car la plupart des gens qui le croisent sont en vérité émerveillés, ils le saluent, plaisantent avec lui. Il respire de nouveau.

Les voilà arrivés et le jeune homme n'en croit pas ses yeux : c'est bleu, partout, comme dans son film, il n'y a pas de fin à l'horizon, pas de rebord. Ce n'est plus un bocal, c'est le monde ! Quand Elijah se retrouve dans l'océan, c'est une telle renaissance qu'il n'arrive pas à y croire.

Sans se retourner, il fonce vers l'infini. Il avance, avance, avance encore. Il est libre. Puis il descend, descend encore… Lorsque la nuit tombe, la lumière n'atteint plus le fond. Et quel silence, quelle sérénité… À ce moment, Elijah réalise qu'il est parti en trombe sans même un regard pour ses parents, ils doivent être inquiets… Mais en même temps, s'il revient, il se dit qu'il sera de nouveau un poids pour eux. Que faire ?

Plus Elijah réfléchit et plus ce qui l'entoure est enivrant. Bientôt il ne veut plus remonter. Il veut rester dans cet océan d'éternité. Quand soudain résonne une voix, celle de Sarah : « Promets-moi que tu m'attendras », entend-il, et devant lui apparaît la jeune fille ou plutôt ce qui semble être un mirage. Qu'est-ce qu'elle est belle… Non, il doit rentrer et retrouver ses proches qui l'aiment et qu'il aime. Et il doit attendre Sarah, il l'a promis.

Après des heures qui ont semblé une éternité pour Mona et Liam, Elijah sort la tête de l'eau. Ses parents accourent pour le serrer dans leurs bras. Mais Elijah est différent, il est en paix et déterminé à attendre Sarah, sa Sarah…

Trois ans se sont écoulées, le petit garçon, devenu un jeune homme, s'est instruit. Il passe ses journées à étudier, si bien qu'il obtient son diplôme de chercheur en un temps record. Il étudiera les fonds marins, comme Sarah... Avec Sarah.

Le 5 octobre, on sonne à la porte, c'est un livreur. Il a un cadeau pour Elijah. Sa mère le lui apporte. À l'intérieur, un scaphandre inversé relié à une combinaison complète. Un mot accompagne le colis avec un jour, une heure, une adresse ainsi qu'une phrase : « Une promesse est une promesse, je tiens la mienne, tiendras-tu la tienne ? » Il reconnaît l'écriture de Sarah, sa Sarah. Elijah reste perplexe. À quoi peut bien servir ce bocal ? Mais... Non... Ça ne peut pas être possible... Une machine pour vivre hors de l'eau ? Elijah n'en croit pas ses yeux.

Il essaie la combinaison, met le casque sur sa tête et, accompagné de sa mère, sort de sa piscine. C'est incroyable, il respire hors de l'eau ! Mona fond en larmes pendant qu'Elijah marche, pour la première fois.

Après quelques jours d'entraînement, l'heure est venue de partir pour rejoindre Sarah. Cette fois, il monte à l'avant de la voiture.

C'est la remise des diplômes de la jeune femme. Elijah prend place au fond de la salle. Il est anxieux, mais quand elle apparaît sur l'estrade, tout disparaît autour de lui. Elle est encore plus belle que dans ses souvenirs.

Sarah l'aperçoit, reçoit son diplôme et court, court jusqu'à Elijah pour le prendre dans ses bras. Les deux amis d'enfance sont réunis, et cette fois rien ne pourra plus jamais les séparer.

Plus tard, ils devinrent le couple de scientifiques le plus célèbre au monde. Grâce à la particularité d'Elijah, ils firent des découvertes incroyables, le jeune homme explorant des endroits où personne n'avait jamais osé s'aventurer, dans les abysses.

Ils ne perdirent jamais l'enthousiasme qu'ils ressentaient à vivre sous l'eau. À la disparition des parents d'Elijah et de Sarah, ils prirent la plus belle décision et la plus logique pour eux. Durant toutes ces années de recherches, ils avaient secrètement créé un endroit aux larges des côtes

du Mexique, dans une grotte sous-marine. Un endroit à eux, tenu secret, où ils n'auraient plus jamais besoin de remonter à la surface.

C'est tout naturellement qu'après avoir ouvert le monde de la surface au monde aquatique, et fait avancer la science comme nul auparavant, les deux chercheurs disparurent, et personne n'entendit plus jamais parler d'eux.

On raconte qu'ils devinrent eux-mêmes des poissons et qu'ils vivent désormais dans un océan d'éternité, loin des hommes, loin de tout, et au plus près d'eux-mêmes.

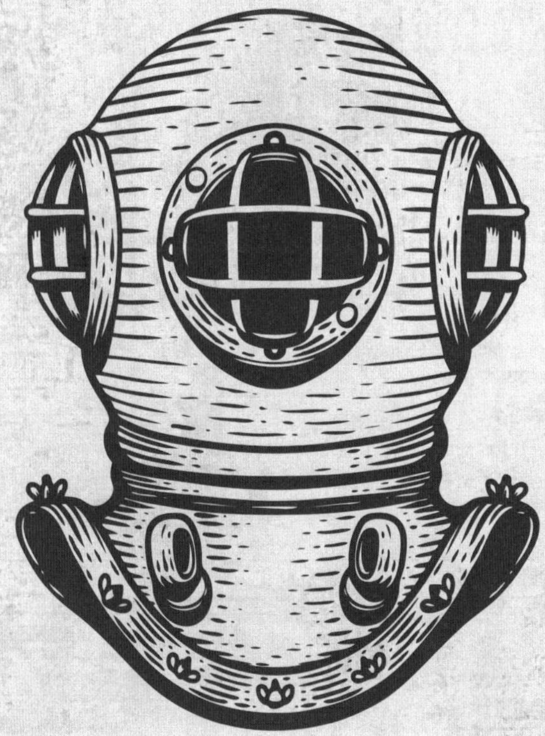

Monsieur Temps

Je me suis toujours demandé pourquoi le temps change en permanence. Pourquoi une après-midi ensoleillée dure une heure tandis qu'une journée de douleur semble durer une éternité.

On ne va pas me faire croire que le temps est constant. Non, non, non. C'est impossible.

Par exemple ce matin, quand je me suis levée, j'avais une heure pour me préparer, mais après avoir pris mon petit déjeuner pendant vingt minutes, il ne me restait que cinq minutes avant de partir... Est-ce qu'une heure chez moi équivaut à une heure chez toi ? J'ai besoin de comprendre ce mystère, il y a forcément une explication...

Et quand on a une question, il faut aller voir ma grand-tante Chloé, elle a toujours une réponse. Quand j'étais petite, je lui avais demandé pourquoi le Père Noël était rouge et elle m'avait répondu que c'était parce qu'il avait trop chaud à force de courir le soir de Noël pour être sûr d'arriver à temps dans chaque maison. Autre question : pourquoi met-on une carotte pour faire le nez du bonhomme de neige ? C'est sûrement pour le rendre plus aimable. Ou encore : pourquoi son mari était parti ? Parce qu'il avait apparemment perdu son chemin, me répondait-elle...

Elle est belle, ma grand-tante, enfin pas belle comme les filles dans les magazines, elle est belle parce qu'elle est magique. Elle a un petit nez

pointu, de grands yeux miel et des cheveux roux très longs. Elle me fait penser à un arbre en fait... Et moi, j'ai toujours aimé les arbres.

Enfin bref, en marchant vers chez ma grand-tante Chloé, je comptais le temps de trajet. Au départ, mon GPS m'indiquait 17 minutes à pied et 18 minutes en voiture. Tiens ! Une voiture n'est-elle pas censée aller plus vite ? Certainement... Mais pas quand on habite dans une grande ville. J'irai à pied...

J'arrive chez grand-tante Chloé. Elle a le nez plongé dans ses bouquins, comme toujours. Elle n'est pas étonnée de me voir ; elle n'est jamais étonnée. Elle sait toujours tout, Chloé. J'aurais dû l'appeler tante Réponse, ça lui irait mieux.

On s'assoit autour d'un thé à la menthe sucré, c'est mon préféré. Alors que nous discutons de tout et de rien, je me redresse, droite comme un piquet, et prends un air supérieur. Je ne sais pas pourquoi je fais ça, mais j'ai toujours cru que les gens qui parlaient sérieusement devaient être droits et avoir un air pédant.

– J'ai une question ! dis-je.

– J'ai une réponse ! répond grand-tante Chloé.

– Pourquoi le temps n'est-il jamais le même ?

– Parce qu'il est différent.

– Pourquoi ?

– Parce qu'il n'aime pas les règles...

– Tu ne réponds pas à ma question...

– Pourquoi ne vas-tu pas lui demander directement ?

Je n'y avais jamais pensé... Évidemment, je dois parler avec Monsieur Temps. Mais comment le trouver ? Rien de plus simple, m'indique Chloé : « Il vit au bout de la rue Button, au numéro 7. » Alors çà ! Si j'avais su qu'il était à côté, celui-là, je serais déjà allée le voir une ou deux fois... Qu'à cela ne tienne, me voilà partie sac au dos rencontrer Monsieur Temps.

Je n'avais jamais remarqué cette maison en forme d'horloge, pourtant je suis passée un bon millier de fois devant. J'étais remplie de courage, mais une fois arrivée, je perds un peu mes moyens. Je me rapproche de la sonnette en forme de montre et j'appuie dessus. C'est une sonnerie qui émet un tic-tac... Un petit homme un peu rabougri ouvre la porte.

– C'est pour quoi ? demande l'homme.

– J'ai une question...

– J'ai pas le temps pour des questions.

– Ça, c'est un paradoxe...

– Comment ça ?

– Le temps qui n'a pas le temps...

– Bon, d'accord, tu peux entrer...

Me voilà dans le salon du temps. Je suis presque déçue, rien d'extraordinaire ne se trouve ici, c'est un salon ordinaire... à une chose près : tout est en forme d'horloge.

Monsieur Temps se place devant moi et me regarde d'un air interrogateur. Je finis donc par me présenter et lui poser ma question fatidique : pourquoi le temps n'est-il pas constant ?

L'homme me répond que la réponse est dans la question... Hum... Encore un mystère.

– Tout comme dans mon nom, le S est inutile...

... Ah ! ... Le temps n'est pas content... Mais que cherche-t-il à me dire ?

– Vous autres ne savez rien apprécier. Quand vous êtes heureux, c'est toujours trop court, et quand vous êtes tristes, c'est toujours trop long. Vous me collez tout sur le dos, comme si tout tournait autour de moi, mais ça vous arrange bien ! Je ne suis pas celui qui décide de tout, mais vu que

vous êtes toujours injustes et incapables de voir l'évidence, vous n'avez que ce que vous méritez.

Je ne m'y attendais pas… Faire face à un temps orageux, triste et un peu agressif. Mais au moins je le savais, je n'étais pas folle, le temps avait changé… Enfin, je crois. Je suis même un peu triste pour Monsieur Temps, il semble bien seul dans son horloge. Peut-être que si je lui change les idées, il voudra nous rendre un peu de lui ?

Et c'est ainsi que je propose à Monsieur Temps de m'accompagner pour une promenade au parc. Étrangement, celui-ci accepte et me suit.

– Je n'avais jamais remarqué votre maison, alors qu'elle est loin d'être ordinaire…

– C'est bien ce que je dis.

Bon… Il ne semble pas très coopératif. Je vais me contenter de le promener, et pour une fois, vu qu'il est à côté de moi, je peux dire que j'ai le temps…

On a marché, beaucoup marché, on a senti l'air sur notre visage, et je crois même l'avoir vu sourire en regardant les enfants jouer sur la balançoire. Je ne me souviens pas d'avoir autant apprécié voir quelqu'un sourire grâce à l'une de mes actions. Mais je me sens bien ici, avec ce vieux bonhomme un peu aigri.

Je le ramène chez lui à la fin de l'après-midi. Je ne sais pas quelle heure il est, ni même combien de temps j'ai passé avec le temps, mais je m'en fiche… C'était bien !

En sortant de chez Monsieur Temps, je me retourne vers sa maison et en observe les détails. C'est vrai qu'elle est belle, cette bâtisse. Je me pose encore la question de savoir comment j'ai pu passer à côté sans la voir… Puis je repense à ce qu'a dit le vieil homme : « Vous autres ne savez rien apprécier. » Peut-être avait-il raison ? La tête baissée, à regarder mes pieds, toujours pressée, je ne l'avais jamais vue. Mais est-ce que cela veut dire que j'ai raté d'autres choses ? La réponse semble évidente, et d'un coup je me sens triste moi aussi.

Arrivée chez moi, je m'assois dans mon canapé, face à mon horloge. Je regarde l'aiguille des secondes défiler. Eh bien je peux vous dire qu'une minute, en vérité, ça ne passe pas si vite. Le temps qu'elle fasse le tour de son monde, j'ai eu le temps de me rendre compte qu'un liseré d'or se trouve au centre de l'aiguille, que le cadran est lui aussi en or - mais pas partout, seulement l'un de ses côtés brille tandis que l'autre est mat. Et ça, je ne l'aurais jamais remarqué si je n'avais pas pris le temps de le voir.

Bon, je n'ai toujours pas les réponses à toutes mes questions, mais je retournerai voir Monsieur Temps demain. Je dois gagner sa confiance ! Si le temps n'est pas content, je dois lui rendre sa joie et peut-être qu'il arrêtera de courir et nous accordera plus de lui pour profiter de la vie ?

Tic-tac, tic-tac... J'adore sa sonnette, je la trouve cool. Cette fois le temps m'accueille moins froidement et me fait entrer directement... Sympa.

On se pose dans son canapé et je lui propose qu'on aille se promener comme la veille, mais le temps n'est pas d'humeur à sortir, il préfère que l'on reste ici. Très bien, tout me va. Faisons une partie d'échecs... Je suis imbattable.

Ah ! bah non... Il a gagné ! C'est pas grave, jouons encore. Je vois que le temps est concentré. Mais de temps en temps nous rions. Je sens qu'il commence à m'apprécier, c'est parfait. Peut-être que s'il m'aime bien il acceptera de répondre enfin à ma question...

Alors que le vieil homme gagne la septième partie, il me regarde intensément et se met à parler :

– Tu sais, ça fait très longtemps que personne n'avait pris du moi avec moi... Je suis content. Ça me fait du bien. D'habitude on ne fait que m'engueuler... On dit souvent qu'on n'a pas le temps... Mais c'est normal, je ne vais pas me laisser posséder par tout le monde, j'aurais jamais assez de moi pour ça de toute manière... J'ai trop de responsabilités. Quand quelqu'un a le cœur brisé, on lui dit toujours que le temps résout tout... Nan mais t'imagines ? Avec le nombre de cœurs brisés sur terre, le boulot que ça me donne ? Et surtout je me plie en quatre pour réparer toutes ces peines, puis quand ça va mieux tu crois que quelqu'un viendrait me dire

merci ? Nan, c'est juste normal, le temps est passé et maintenant la vie reprend… On dit que je donne et que je reprends mais ce n'est pas vrai non plus. Si c'était le cas, tout le monde mourrait vieux, et je ne crois pas que ce soit le cas. Et puis… qui s'occupe de mon cœur brisé à moi ?

Là, face à Monsieur Temps et sa peine, je me suis sentie démunie. Je suis de celles qui lui reprochent tout et n'importe quoi. Qui l'utilisent comme excuse dès que quelque chose ne va pas. Même quand c'est moi qui fais n'importe quoi, je prétends que je n'ai pas pu le faire à cause du temps qui manquait. Mais manque-t-il vraiment ?

D'un coup me vient une idée. Je dois aller chez ma grand-tante Chloé.

J'arrive en trombe, ne prends pas la peine de sonner – de toute manière elle sait toujours tout alors on s'en fiche. Je la trouve en train de nourrir ses dix-huit chats, elle ne lève pas la tête, comme d'habitude ; elle écoute religieusement ma question et me donne une adresse, je l'embrasse sur le front et repars en courant.

Une fois arrivée à l'adresse, je sonne. Une femme chaleureuse m'accueille, je lui explique la raison de ma venue et lui demande de l'aide. Sans même réfléchir, elle saisit son châle qu'elle pose délicatement sur ses épaules et me suit. Sur le chemin, je me mets à tout lui raconter. J'aime sa compagnie, elle est comme je l'imaginais voire encore mieux. Nous arrivons devant la maison horloge et je sonne. Monsieur Temps ouvre la porte. En me voyant il sourit et se tourne vers la femme qui m'accompagne, interrogateur…

– Monsieur Temps, j'ai quelqu'un à vous présenter… Voici Madame Gratitude, et je crois que vous avez beaucoup de choses à vous dire…

Après avoir fait les présentations, je décide de m'éclipser ; je crois même voir une larme à l'œil de Monsieur Temps alors qu'il fait entrer Madame Gratitude chez lui. Je repars sereine et apaisée. Je crois que c'était ce qu'il fallait faire. Mais je reviendrai le voir, j'espère qu'il me racontera ce que Madame Gratitude et lui se sont dit…

Passer du temps avec le temps, c'était peut-être ça la réponse à ma question. J'ai pris le temps et j'ai regardé, vu et senti. Le temps est constant, c'est notre perception qui ne l'est pas, de même que notre gratitude.

Merci, Monsieur Temps, de m'avoir donné un peu de vous. Merci d'être celui qui répare. Merci de nous accompagner toute notre vie. Merci de ne jamais vous arrêter, de continuer quoi qu'il arrive et de nous forcer à le faire avec vous.

Vous êtes le courage et la persévérance, et j'aimerais être un jour comme vous.

Je regarderai chaque jour l'aiguille des secondes faire sa grande roue pendant une minute afin de me rappeler qu'il n'existe pas d'accélération ni de ralentissement, seulement de l'attention. Merci d'avoir pris de vous-même pour répondre à ma question sans même prononcer un mot.

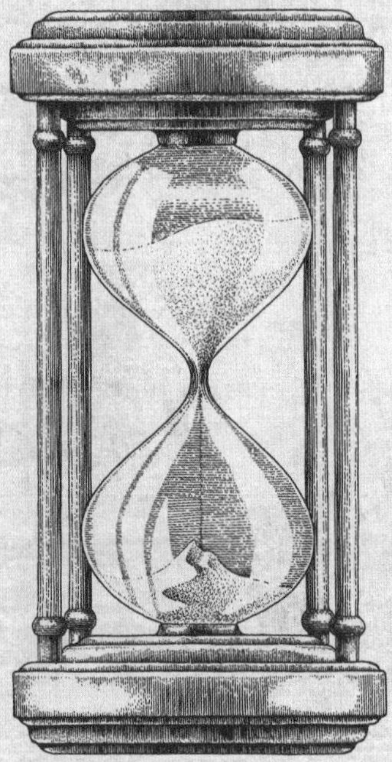

Achevé d'imprimer en août 2021
par Toppan Leefung, Chine.